Murderous Lewellyn's Candlelit Dinner

Murderous Lewellyn's Candlelit Dinner

1

Zeichnungen: MUK_BU
Story Webtoon: OL
Story Webnovel: Sumnagi

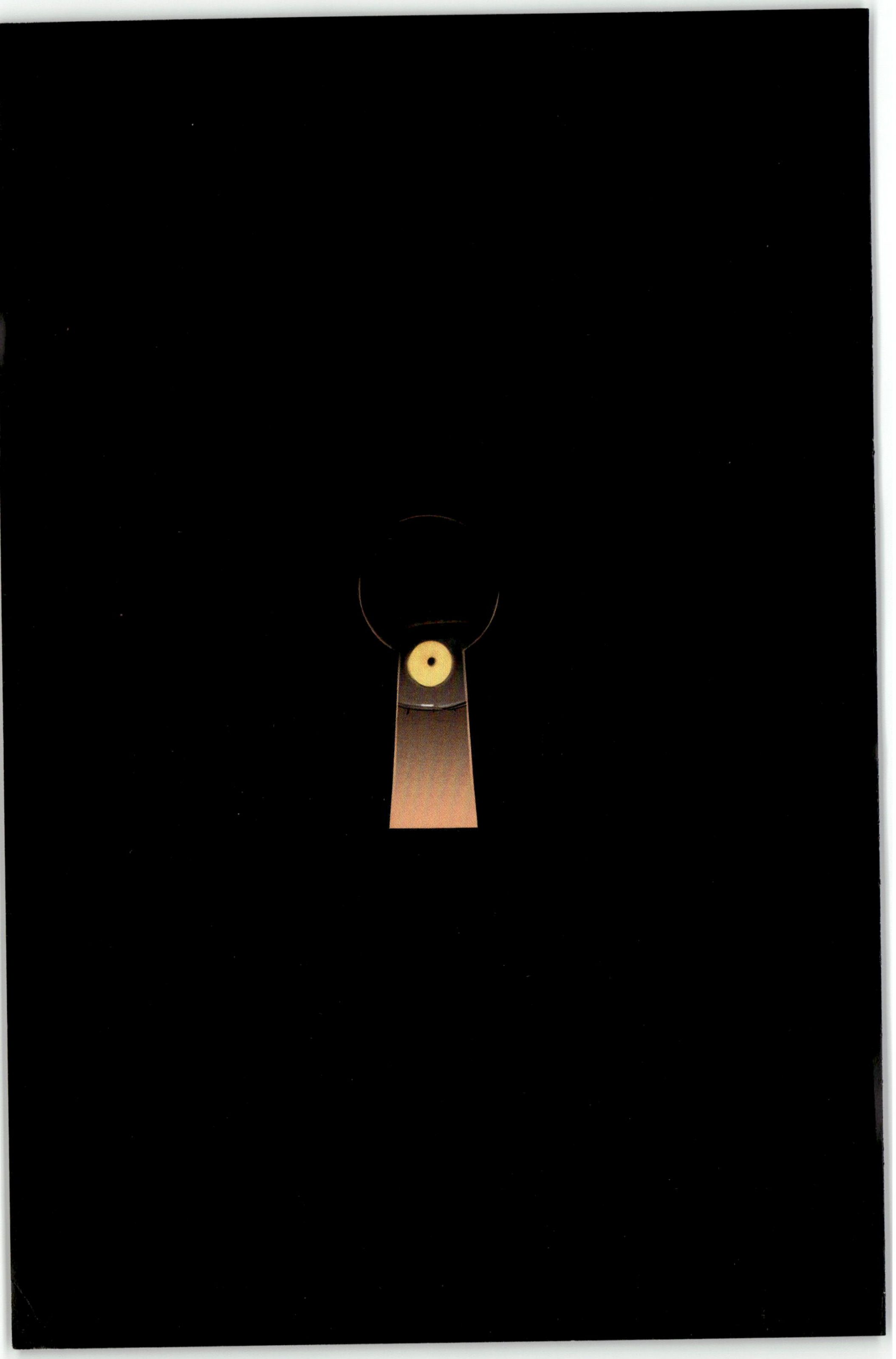

Inhalt

Murderous Lewellyn's Candlelit Dinner

Vorfall 1

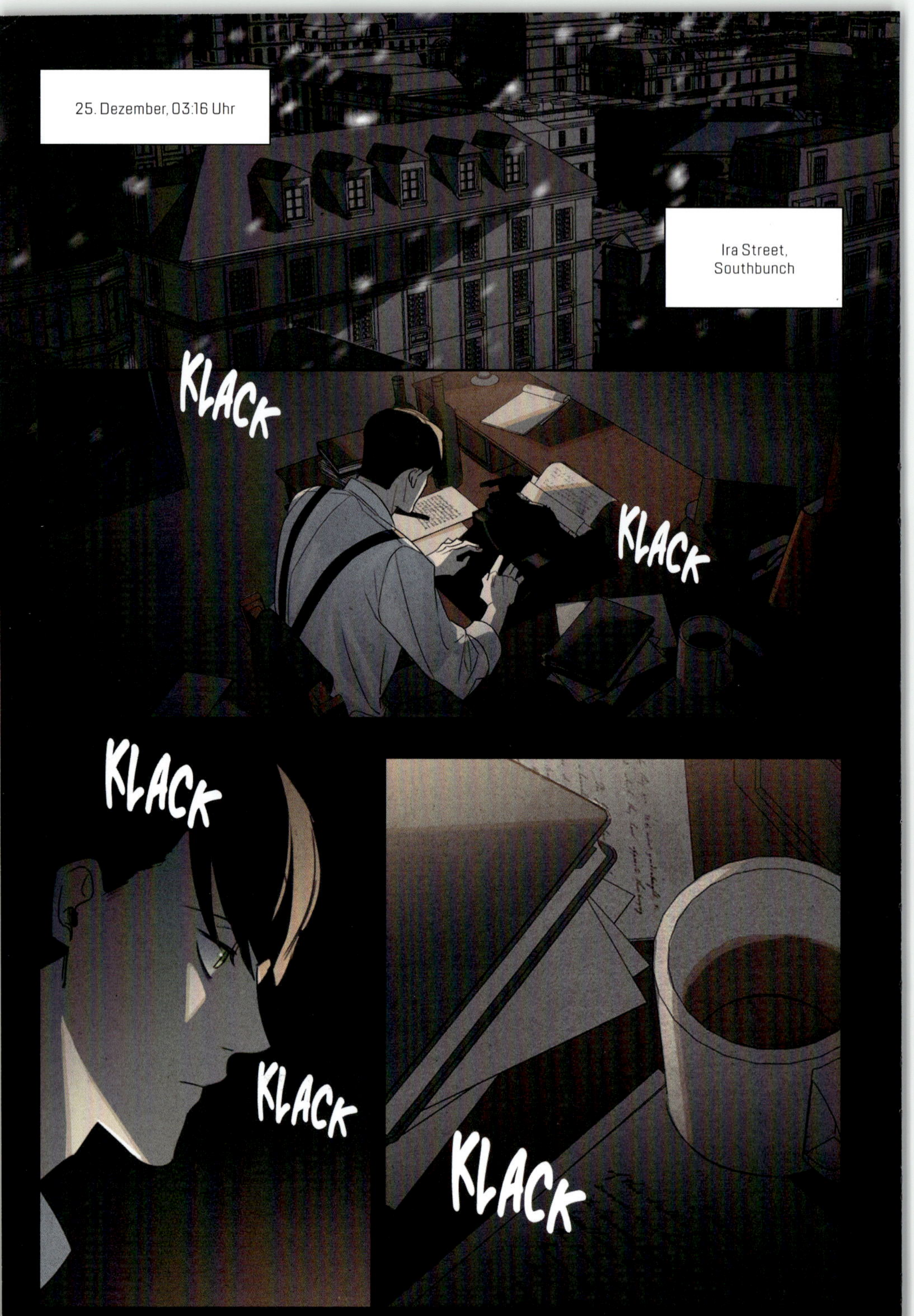
25. Dezember, 03:16 Uhr
Ira Street,
Southbunch
KLACK
KLACK
KLACK
KLACK
KLACK

TOCK
TOCK
Hm? Was war das?
STOPP
TOCK TOCK
Wer in Gottes Namen will denn um diese Uhrzeit noch et-was von mir?
Haah ... Etwa ein Trunken-bold?

Langsam werden mir diese Kerle wirklich lästig.
Hm?

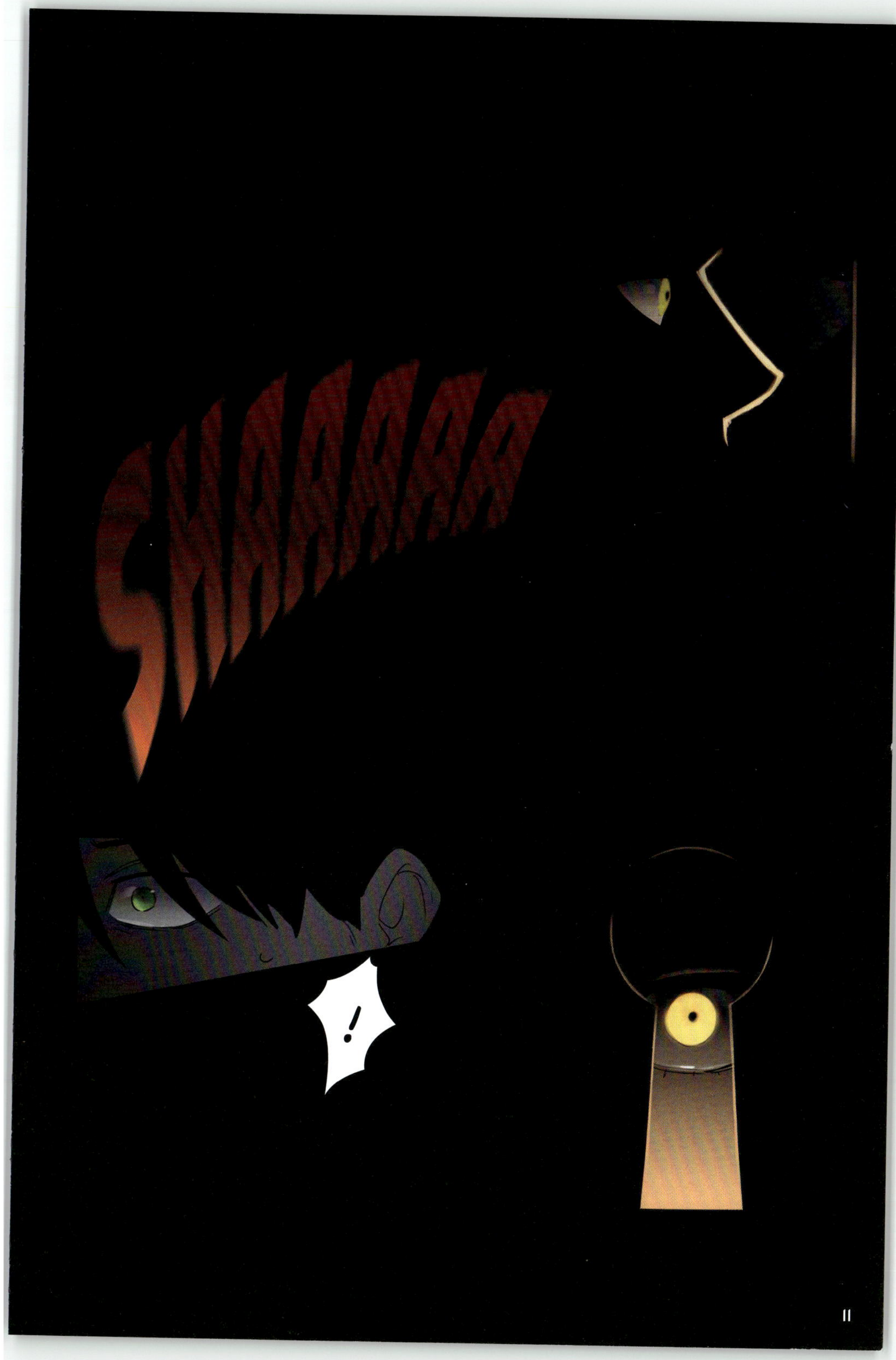
SHAAAAA
!

Einige Tage später
RAUN
Hast du schon gehört? Gestern wurde eine weitere Leiche gefunden.
MURMEL
Verflucht ... Dank diesem Verrückten, der ständig vor meiner Wohnung herumlungert ...
... und mir seltsame Notizen zusteckt, hab ich tagelang kein Auge zugetan!
Nach meinem Abgabetermin werde ich diesen Bastard schnappen ...
... und ihm ein saftiges Veilchen verpassen!
Die wievielte ist es mittlerweile?
MURMEL
MURMEL
Ich trau mich kaum noch vor die Tür ...
Aus dem Weg!
Schon wieder eine Ansammlung ...
RAUN
Die Ira Street ist die günstigste Wohngegend in ganz Southbunch.

Sie war schon immer ein raues Pflaster ...
... doch die jüngste Mordserie hat die angespannte Situation nur noch weiter verschärft.
UGH
Schon wieder ein Mord? Das nimmt allmählich überhand ...
Genug davon.
Auf zur Polizei.
SST
Ich sollte meine Zeit nicht mit derlei Gedanken verschwenden. Mein Lebensunterhalt verdient sich schließlich nicht von allein.
Und ich brauche das Geld, um diesem Loch endlich auf Nimmerwiedersehen sagen zu können.

BAMM
RASCHEL

SCHIEB
In diesen dünnen Klamotten werden Sie erfrieren :)
Gute Nacht :-P
Freundliche Gesten ignoriert man nicht :(
Schaffen Sie mir bitte diesen Perversen vom Hals.
NEIG
Mit Verlaub, Sir, übertreiben Sie nicht ein wenig? Für mich sieht das aus wie harmloser Schabernack ...
... und nicht wie eine Angelegenheit für die Polizei.

Aber das geht schon seit Tagen so! Der Kerl lässt mich einfach nicht in Ruhe!
Außerdem hinterlässt er mir nicht nur diese Notizen, sondern späht auch noch jede Nacht durch mein Schlüsselloch!
Bisher sind Sie doch nicht zu Schaden gekommen, oder?
Ich fürchte, für solche Bagatellen fehlt uns das Personal, Sir ...
Wegen der aktuellen Mordfälle stecken wir ohnehin schon bis zum Hals in Arbeit.
Nacht :-P
Und glauben Sie wirklich, ein Perverser würde Ihnen ...
... so drollige Nachrichten schreiben?
...
WAMM

Nutzloses Polizisten-pack ...
Das war die Zeit-verschwendung des Jahrhun-derts!
KLACK

Tss. Die glauben wohl, Perverse erkennt man nur daran, dass sie ihren Jonny öffentlich zur Schau stellen!
STAPF
STAPF
STAPF
Und von wegen „knapp besetzt"! Diese Tunichtgute sind bloß zu faul zum Arbeiten!
STAPF
STAPF
Warte nur. Nach meinem Abgabetermin werde ich dir eigenhändig das Handwerk legen, koste es, was es wolle.
303

Mein Schlüssel ...
KRAM
?
Happy new yeer!
„Frohes neues Jaar!“

„New yeer"?
…y new yeer!
Hat er sich verschrieben? Wollte er mir ein frohes neues Jahr wünschen?
Ach, was weiß ich.
303
Please Do Not Disturb
BAMM

KNÜLL
KLACK
KLACK

...
SCHIEL
Elende Berufskrankheit ...
Haah ...
RASCHEL
Happy new yeer!
KRZ
KRZ
Ich mag nur ein unbedeutender Ghostwriter sein, aber so kann ich das ...
... nicht stehen lassen. Auch wenn ich für die Korrektur nicht bezahlt werde.
Happy new ~~yeer~~ year!

So, zur Hölle mit Mr „New Yeer". Dieser Bastard hat mich schon mehr als genug Zeit gekostet.
HAAH
KLACK
Shavonne!
Ich weiß, dass du zu Hause bist!
BAMM
BAMM
ZUCK
Ugh. Das kann nur ...
... August sein.

KNARZ
Da bist du ja! Ich hatte schon befürchtet, dich wieder bewusstlos aufzufinden.
Warum hast du dich zwei Wochen lang nicht gemeldet?
August ...
Komm mir nicht mit deinen Abgabefristen. Die Ausrede kenne ich schon. Hältst du mich ...
... für einen Müßiggänger, der nichts Besseres zu tun hat, als dir hinterherzurennen?

Wieso öffnest du mir eigentlich nicht die Tür? Ich bin dein Liebhaber und kein Verbrecher.
Oder versteckst du etwa jemanden da drin?
...
Hör zu, August.
Ausrede hin oder her, es ändert nichts daran, dass ich eine Menge zu hatte.
Und das wird vorerst ...
... auch so bleiben.
Außerdem kann ich es nicht leiden, wenn du ...
... wie im Sommer einfach hier reinplatzt und mich von meiner Arbeit abhältst.

Und falls der Wink mit dem Zaunpfahl nicht ankam ...
Allein die Vorstellung von dir als mein Lieb-haber ...
... ist mittlerweile un-erträglich.
W... Was ist denn los, Shavonne?
Du klingst gerade so, als wolltest du mich abservieren.
Lass doch diese Spielchen.
Gut kombiniert.
Was?!

Willst du es noch einmal hö-ren?
Ich treibe keine Spielchen.
KNIRSCH
So ist das also.
FWUIT
STAPF
STAPF
STAPF
Das wirst du noch bitter bereuen.
Ich dachte schon, der Gro-schen würde nie fallen ...

War dieser Mann ...
Zu diesem Zeitpunkt hatte ich nicht den leisesten Schimmer ...
... Ihr Liebhaber?
RASCHEL
... dass sich diese Begegnung als der Beginn eines wahren Albtraums entpuppen würde.

...
Ja. Bis gerade eben.

Hat er Sie be-trogen?
Hat er eine Geschlechts-krankheit?
Nein!
KLICK
Nein.
Was soll die Fragerei?!

Hat er heimlich einen Bürgschaftsvertrag in Ihrem Namen abgeschlossen?
Was zur Hölle soll das werden?
Warum ...
... schälen Sie Zwiebeln auf der Treppe?
FWUPP

Ich will den Geruch nicht in meiner Woh-nung haben.

Es widert mich an ...
... wenn sich Gerüche mischen.

Seit diesem denkwürdigen Gespräch ...
KLACK
Buenos dias!
... sind einige Tage vergangen.
Bonjour, Monsieur.

Da ist er wieder ...
Macht es Ihnen Spaß, sich so zu quälen?
Könnte man so sagen ... denke ich.
HAAH ...
Ich frage nur, weil ich Sie immer mit geröteten Augen dort sitzen sehe. Bevor Sie sie schälen ...
FWUPP
... sollten Sie die Zwiebeln für einige Minuten in ein Wasserbad legen.
Dann brennen Ihre Augen nicht so sehr.
SCHIEL
ÖCHÖ
War ich zu forsch ...?

Danke.
Er sieht wirklich gut aus ...

Am nächsten Tag
...
Habe ich Ihnen nicht empfohlen, die Zwiebeln vor dem Schälen ...
... ins Wasser zu legen?
In der Tat.
Aber ich habe nicht gesagt, dass ich Ihren Rat befolgen würde.
Ach.

Er saß auch weiterhin ...
... mit seinen Zwiebeln auf der Treppe.
Nerv nicht ...
Zehn Tage sind vergangen, seit ich beschloss, ihn zu ignorieren.

KATSCHACK
Kalt ...
Hm?
Nanu? Wo steckt er denn?
HYUUUUUH

Um diese Zeit sitzt er doch normalerweise schon hier und schält wie ein Weltmeister.
Ich hatte mich bereits so an diesen Anblick gewöhnt ...
... dass mir die leere Treppe seltsam fremd erschien.
Dass ich an jenem Tag so schnippisch reagierte ...
... lag vermutlich daran, dass mir der beißende Geruch vor meiner Wohnung ...
... zuwider war und in meinen Augen brannte.

Sie meinten, ich solle die Zwiebeln erst ins Wasser legen ...
... um meine Augen nicht zu reizen.
Aber ich habe nicht gesagt, dass ich Ihren Rat befolgen würde.

Denn ich weiß, dass Sie eine Schwäche für Tränen haben ...
... Shavonne.
?
Außerdem war ich ganz sicher niemand, der eine „Schwä-che für Tränen" hatte.
Ich mochte es nicht, dass ein Frem-der über mich sprach, als kannte er mich in- und auswendig.
Hm?
Wollen Sie auch Zwie-beln schälen, Shavonne?

Möglicherweise hatte ich aber eine Schwäche für hübsche Gesichter.
In diesen dünnen Klamotten werden Sie erfrieren.
TAPP TAPP
AH
hat über eine Stunde gewartet
NEIG
Also ... Warum sitzen Sie im Schlafanzug im Korridor?

* Währungseinheit

FWUPP
T… T…
Tut mir leid, Sie e… enttäuschen zu müssen, a… a… aber ich habe n… nicht vor, zu sterben!
…
…

PLOPP
Soll ich Ihnen mein Tuch leihen?
Haah ...
Ich habe es selbst gesponnen.
SST
Aber der Prozess war so aufwendig, dass ich mich nun um ganze drei Stunden verspätet habe.
Ahaha ...
SCHWENK

Ist es nicht reizend?
Verdammt ... Hält der sich für einen Tier-bändiger?
OH?
Seine Finger-nägel ...
Shavonne.
ZUCK

Möchten
Sie mit mir zu
Abend essen?

Murderous Lewellyn's
Candlelit Dinner

Murderous Lewellyn's Candlelit Dinner

Vorfall 2

Kurz nach meinem 20. Geburtstag vor acht Jahren ...
... musste ich das Waisenhaus verlassen. Ich war zu alt geworden.
Der Winter war hart, und Nacht für Nacht erfroren die Menschen in Scharen.
Zum ersten Mal in meinem Leben hatte ich weder Geld noch Essen ...
... und auch kein Dach über dem Kopf.
BLÄTTER

Soll ich anfangen zu stehlen ...
... oder Raubüberfälle planen?
FWUSCH
Da ich keinerlei Talente hatte, stand ich nicht in Lohn und Brot.
HYUUUH
TAPP
Aber ich brauchte dringend Geld und durfte nicht wählerisch sein.

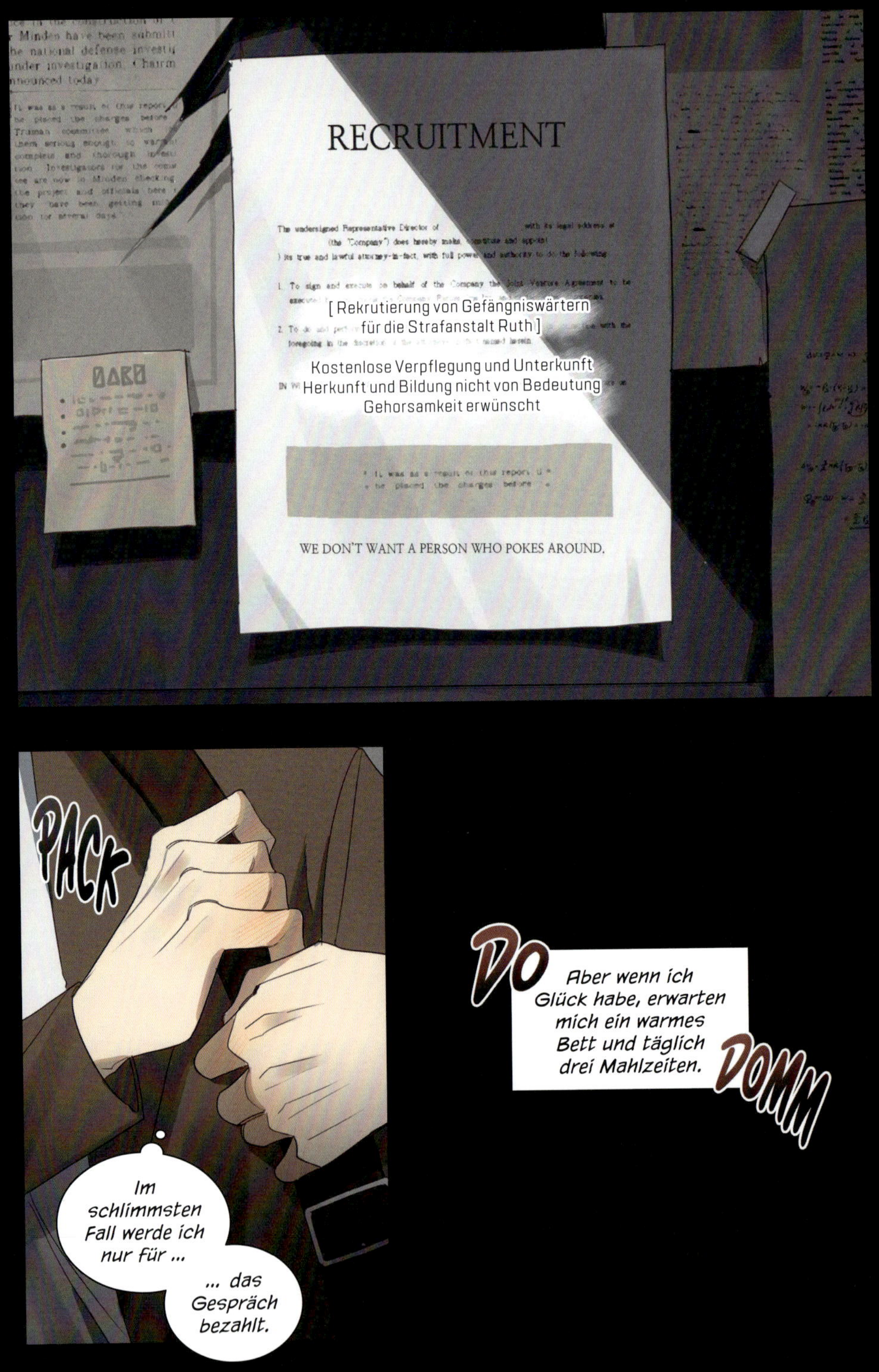
RECRUITMENT
[Rekrutierung von Gefängniswärtern
für die Strafanstalt Ruth]
Kostenlose Verpflegung und Unterkunft
Herkunft und Bildung nicht von Bedeutung
Gehorsamkeit erwünscht
WE DON'T WANT A PERSON WHO POKES AROUND.
PACK
Im schlimmsten Fall werde ich nur für ...
... das Gespräch bezahlt.
DO
Aber wenn ich Glück habe, erwarten mich ein warmes Bett und täglich drei Mahlzeiten.
DOMM

WE DON'T WANT A PERSON WHO POKES AROUND.
Wer spioniert,
der fliegt.

Habe ich diesem Kerl eigentlich jemals meinen Namen verraten?
Ich danke Ihnen für die Einladung, aber ...
„Aber"?
Ich habe keine Zeit. Meine Familie erwar-tet mich ...
Familie: keine
... und ich stehe kurz vor einer wichtigen Abgabefrist.
Abgabefrist: keine
Meine Freunde hab ich auch schon lange nicht mehr ge-sehen.
Freunde: keine

ZUCK
Und?

TAPP
Verflucht!!
TAPP
Das hab ich jetzt davon.
TAPP
Warum konnte ich nicht klipp und klar Nein sagen?
Stattdessen esse ich nun mit einem Nachbarn zu Abend ...
... über den ich nichts weiß und den ich die meiste Zeit ignoriert hab.

Was mache ich hier eigentlich?
302

Ich wurde noch nie zum Essen eingeladen. Soll ich ...
... klopfen und einfach reingehen?
ZUCK
Meine Versuche, mehr über meinen Nachbarn herauszufinden, verliefen ergebnislos.
Lewellyn
Wohnung Nr. 302,
Ira Street
Keine weiteren Informationen
Lewellyn ...
Dieser Name steht zwar im Mietvertrag, aber er könnte genauso gut ein Pseudonym sein.
Noch dazu ist „Lewellyn" der Name des Thronfolgers.

Wollen Sie die Tür selbst öffnen oder soll ich das für Sie tun?
Die halbe Stadt ist nach ihm benannt.
DO DOMM
Ich hab nicht einen Mucks von mir gegeben! Woher ...?!
Lassen Sie sich gesagt sein, dass Sie bereits ...
... geschlagene drei Minuten dort stehen.

PACK
Sparen Sie sich die Zeitangabe.
KLACK

Woah! Ich bin nicht sicher, ob mich ein Antrag oder doch eher der Feuer-tod erwartet ...
HAHAHA ...
Sie haben die Qual der Wahl, Shavonne.
Lustigerweise besitze ich sowohl Rosen als auch Lampenöl.
Und das Essen?
Ist in drei Minuten fertig.

POCH
BLUBBER
BLUBBER
Ich hab mich schon gefragt, warum es so lange dauert ...
Nur noch drei Minuten!
GNNN

Was gibt es als Hauptgericht und als Dessert?
Auf der heutigen Abendkarte stehen Steak und Bagels.
BLUBB
Zwiebelsteak und Zwiebel-Bagels, meinen Sie?
BLUBB
NON
CHALANT
Genau.
Haah ...
?
SCHWENK
SCHWENK
Haben Sie Käse?

KNARZ
Die Eier habe ich mitgebracht. Dafür schulden Sie mir zwei Rona.
Gabel, Löffel ... Hat er keine Messer?
TOCK
TOCK
TOCK
Jetzt, wo ich darüber nachdenke ... Ich glaube, ich habe nicht einmal Küchenmesser gesehen, geschweige denn Besteckmesser.
FWUIT
Erwarten Sie Besuch?
Nein.

Jemand muss sich in der Adresse geirrt haben.
TOCK
TOCK
TOCK
TOCK
TOCK
Nach einer Weile wird er es sicher von selbst merken.
...
TOCK
TOCK
Gehen Sie ruhig an die Tür.
Ich warte mit dem Essen, bis Sie zurück sind.
...

KLATTER
Hab ich einen Durst!
Ich brauche drin-gend ein Glas Wasser.
PUH

...
SIMPLE IS BEST
ABC
SST
Seine Aussprache ist wirklich nicht das Gelbe vom Ei.
Gibt er sich überhaupt Mühe?
KLACK
Seine Wohnung ist ziemlich kahl.
Wo bewahrt er das Trinkwasser auf?

Was ist das für ein Zimmer?
FLACKER
TAPP
Irgendwo muss muss er doch Wasser haben. Er kann schließlich nicht von Luft leben.
TAPP

Hier riecht es ganz schön ...
WAAAARZ
... streng ...

Ich habe
einen neuen
Nachbarn.

SCHWENK
STARR
Er ist jung, hübsch ...
... und obwohl ich aus ihm nicht schlau werde, finde ich ihn ...
... irgendwie niedlich.
Warum mögen Sie Zwiebeln so gern?
Kennen Sie die Antwort darauf nicht längst, Shavonne?

?
Die Leiche, die ich in seinem Zimmer entdeckt hatte ...
... wurde kurz darauf zwei Häuserblöcke weiter gefunden.
Die Polizei ordnete den Fall der anhaltenden Mordserie in der Ira Street zu.
Und der Täter ... ist wahr-scheinlich mein Nachbar.

Was
zum ...?
KNARZ
GRAPP

Stopp. Nichts anfassen.
ZUCK
SST
Ich muss schleunigst hier raus!

BENOM
MEN
Shavonne?
Sie ...
... waren lange an der Tür. Ein Bekannter?
Ja, sozusagen.

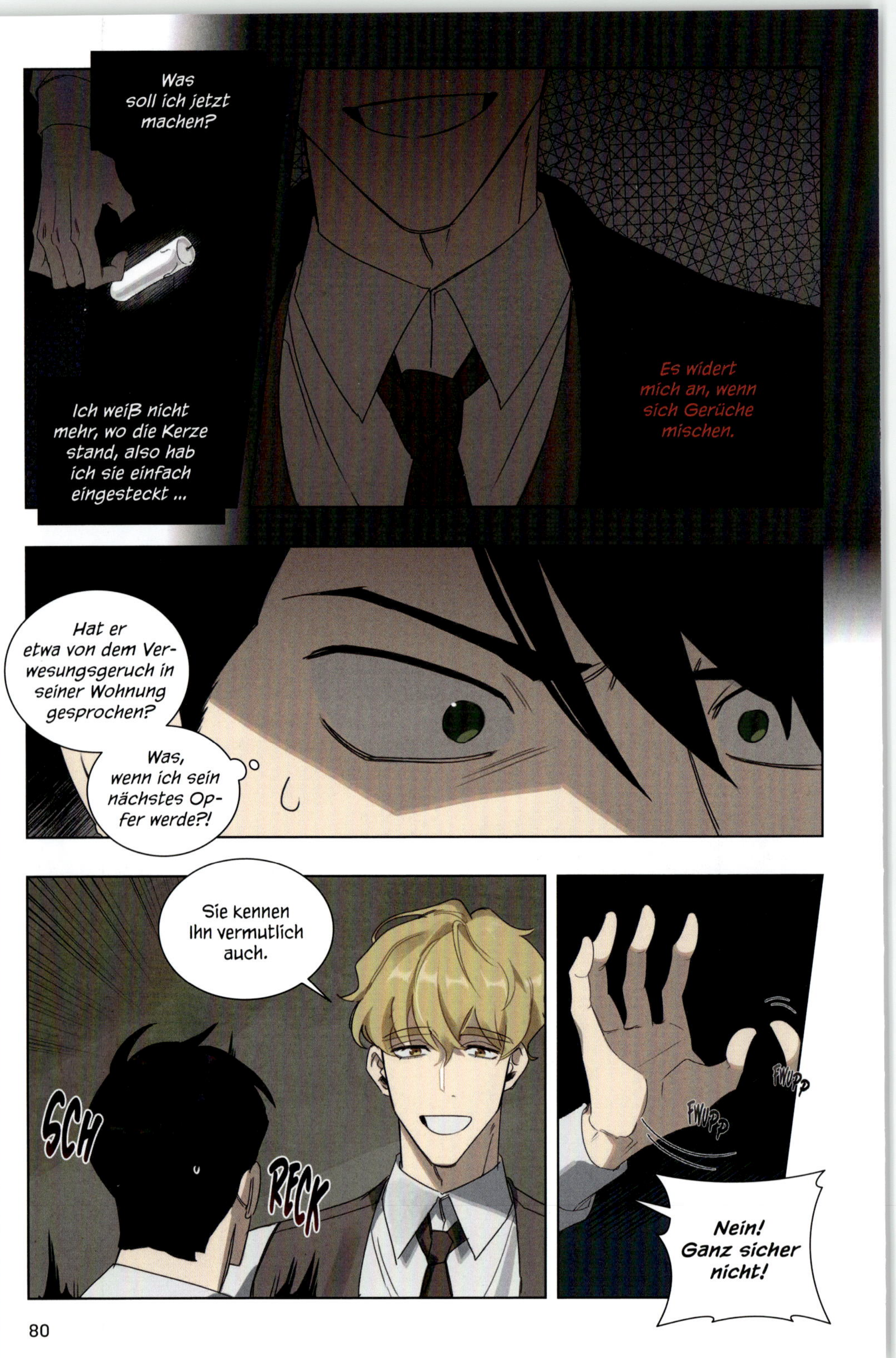
Was soll ich jetzt machen?
Ich weiß nicht mehr, wo die Kerze stand, also hab ich sie einfach eingesteckt ...
Es widert mich an, wenn sich Gerüche mischen.
Hat er etwa von dem Verwesungsgeruch in seiner Wohnung gesprochen?
Was, wenn ich sein nächstes Opfer werde?!
Sie kennen Ihn vermutlich auch.
SCH
RECK
FWUPP
FWUPP
Nein! Ganz sicher nicht!

Ich kann mir nicht vor-stellen, dass wir gemeinsame Be-kannte haben!
Nein ...
TROPF
Es war der Hausver-walter.

STREICH
Fühlen Sie sich nicht gut?
Haben Sie Fieber? Oder ist es Ihnen hier zu warm?
N... Na ja, ich stand vorhin am Herd und hab Omeletts gebraten ...
NEIG
Wollen wir wieder mal gemeinsam zu Abend essen?
Ich lasse Sie erst gehen, wenn Sie einwilligen.
Aber ... Ähm ...

MÖRDER
Nun ...
Gerne.

Gegen 21 Uhr war unser ...
... gemeinsames Essen beendet.
SPRINT
Uwäärgh!
Öchö!
HAAH HAAH

HAAH
Ich ...
HAAH
... lebe noch!
Ich muss sofort die Polizei informieren.
Eins, zwei, drei, vier ...
KLANG
Und für den Fall der Fälle sollte ich ...
... besser ein Messer einstecken.
KNARZ
Ich darf keine Zeit verlieren!
Wusste ich es doch. Eine Kerze fehlt.

KLACK
TAPP
Wohin des Wegs?
SCH
RECK
Oh ... Ich wollte zum Hausverwalter ...
... weil Wasser von meiner Decke tropft.
Ich, äh ... will schließlich nicht, dass das Holz faulig wird.
TAPP

Sie müssen ja mächtig Angst vor ihm haben ...
SST
... wenn Sie dafür sogar ein Messer mit-nehmen.

So müssen Sie es halten.
FWIPP
Sie wollen sich doch nicht ins eigene Fleisch schneiden.
Denn das ...

... tut seeehr lange seeehr weh.
...
Und Sie?
Was treiben Sie hier?

Ich habe etwas ver- gessen.
Etwas vergessen?
PACK
Hat er bemerkt, dass eine Kerze fehlt?!
WUSCH

Hier.
Das Geld für die Eier.
Die Eier habe ich mitgebracht. Dafür schulden Sie mir zwei Rona.
Jetzt sind wir quitt, nicht wahr?

Als ich eine Stunde später auf der Polizeistation eintraf, herrschte dort ein heilloses Durcheinander.
Der Polizei war ein Brandstifter gemeldet worden ...
... dem es kurz darauf gelungen war, den Informanten ausfindig zu machen ...
... und sich an ihm zu rächen.

Was zum ...?
Und was führt Sie hierher, Sir?
HMPF
Derlei Vorfälle sind ein alter Hut.
Ich konnte meinen Nachbarn unmöglich anzeigen.

Murderous Lewellyn's Candlelit Dinner

Vorfall 3

Was zum Teufel ist das?
Neujahrsfeiern sollen lustig sein.
Lassen Sie uns auch
Spaß haben O:)
Ein Engel.
RÜHR
SLRP
...
Das soll ein Engel sein?

Ich begegnete Mr Fawkes zum ersten Mal im Sommer meines 21. Lebensjahres.
Damals war ich nichts weiter als ein verarmter Arbeiter. Mr Fawkes hingegen war Arzt und besaß neben einem Gutshaus sogar ein eigenes Hospital.
Er hatte vermutlich nicht damit gerechnet, sich während seiner Freiwilligenarbeit mit einem Geisteskranken anzufreunden.
Trotz aller Unterschiede sind wir seit sieben Jahren befreundet.
In dieser Zeit veränderten sich sowohl mein Haarschnitt als auch meine Statur, und Fawkes besorgte mir ...
... eine Anstellung als Ghostwriter. Außerdem hatte ich seither 27 Liebhaber, August eingeschlossen.
Was sind Ihre Ziele für nächstes Jahr?
HM?

Fawkes hat sich kein Stück verändert.

ALSO
Ich habe kein Geld, das ich dir leihen könnte.
WIRKLICH!
Nicht mal einen Rona?
Nicht einen.
WA
MM
Ver-dammt.
Wenn Fawkes mir kein Geld leiht, werde ich für immer in diesem gottverfluchten Elendsviertel festsitzen.
Denn in meinem verstaubten Tresor befanden sich gerade mal ...
ÖCHÖ
ÖCHÖ
HYUUH
... 17 Rona und 12 Serona.

Das bisschen reicht kaum für die Miete. Meinem mordenden Nachbarn kann ich damit jedenfalls nicht entkommen.
Trotz des ordinären Geruchs ist der Tee erstaunlich belebend, findest du nicht?
UGH
Keine Ahnung.
Bist du sauer?
Und warum brauchst du plötzlich Geld?
Also ...
Miete?
Nein.
Lebensunterhalt?
Nein ...
Ein Mann?
STARR
...

Habe ich dir nicht gesagt, du sollst ...
... nicht mit Fremden schlafen, ohne zu wissen, ob sie eine Geschlechts-krankheit haben?
Ist es Gonorrhö oder Syphilis?
Grund-gütiger.
Nun machen Sie mal halb-lang!
Ich muss auf der Stelle um-ziehen. Meinetwegen schon heute.
Mein Nachbar ist ...
... ein zwielichtiger Typ.
Oh, bitte. Wir sprechen von der Ira Street.
FWUPP
!

Er ist ein Verbrecher! Wenn Sie wüssten, was er getan hat, würde Ihnen Hören und Sehen vergehen!
SPRING
SLRP
Wenn ich ihn anzeige und mir etwas passiert ...
Wusstest du, dass ...
... Mrs Isadora aus Wohnung 403 mehrmals wegen Einbruchdiebstahl verurteilt wurde?
Die Humphreys aus Wohnung 203 saßen bereits wegen Raubschmuggel im Gefängnis.
Und dem Verwalter deiner Wohnanlage wurden zwei Zehen abgetrennt, weil er zwei Brandanschläge verübte.

Verbrechen begehen sie noch immer ...
... aber sie sind vorsichtiger geworden.
PLOPP
Woher wissen Sie das alles?
Du machst dir zu viele Gedanken.
Menschen sind nicht verpflichtet, rechtschaffen zu handeln. Insbesondere nicht auf Kosten des eigenen Wohlergehens.
Das gilt auch für dich.

Aber ...
KLANK
Handle dir keinen Ärger ein, Shavonne.
Jeder hat eine dunkle Seite.

Ausschlag-
gebend ist, wie du
von einer Person
behandelt wirst.
TAPP
HAAH...
TAPP

FWIPP
Shavonne!
Haben Sie auf mich gewartet?
Ja!
Jeder hat eine dunkle Seite.
Ausschlaggebend ist, wie du von einer Person behandelt wirst.
Brauchen Sie etwas? Wenn nicht, empfehle ich mich.
Ich hoffe, er hat nicht vor, mich zu töten ...

Ist es Ihnen lästig, wenn ich auf Sie warte?
STOPP
Ich könnte mir nichts Schöneres vorstellen, als vor meiner Wohnung von einem Mörder abgefangen zu werden!
Ja.
Perfekt! Das beruhigt mich.
Es ist besser, eine Last als ein Niemand zu sein, finden Sie nicht?
HAAH ...
Warum stellst du mir ...
TAPP
TAPP
Oh, ich wollte Sie doch etwas fragen.
Ich hoffe ...

... es geht nicht um die fehlende Kerze ...
Wann findet unser nächstes Abendessen statt?
NEIG
Wollen wir mal wieder gemeinsam zu Abend essen?
Ich lasse Sie erst gehen, wenn Sie einwilligen.
Ach ja ...
Ähm ...
Es gab Dutzende Kerzen. Eine weniger macht wohl keinen Unterschied ...
Haben Sie viel zu tun?
Ja, einiges ...
Was halten Sie davon, wenn ich mich ...
GRINS
... währenddessen um Ihre häuslichen Pflichten kümmere?

Häusliche Pflichten?
Mhm. Dazu zählen Putzen, Wäschewaschen und dergleichen.
Das weiß ich! Aber ...
WUSCH
Shavonne.
Warum weisen Sie mich ständig ab?

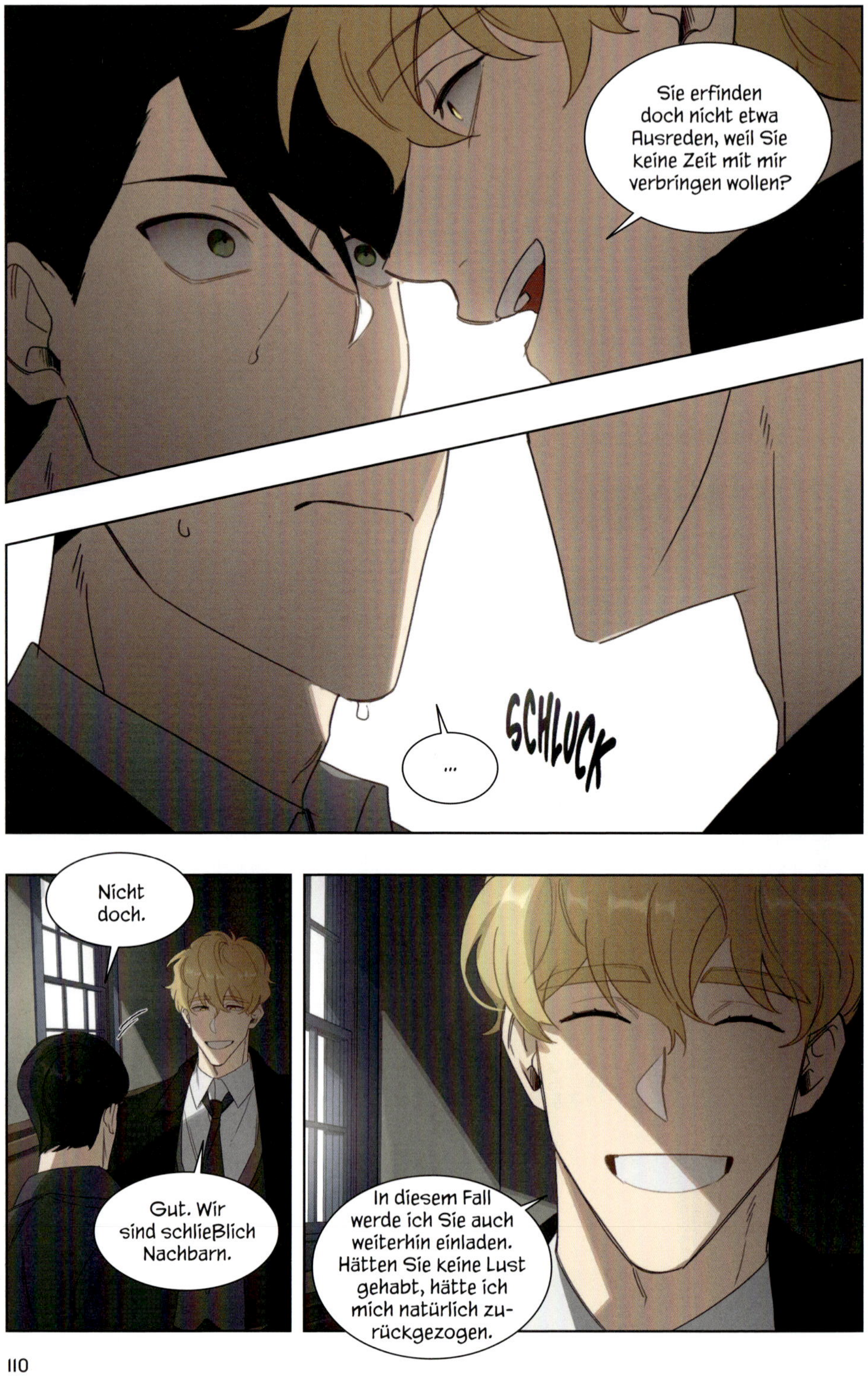

Sie erfinden doch nicht etwa Ausreden, weil Sie keine Zeit mit mir verbringen wollen?
SCHLUCK
...
Nicht doch.
Gut. Wir sind schließlich Nachbarn.
In diesem Fall werde ich Sie auch weiterhin einladen. Hätten Sie keine Lust gehabt, hätte ich mich natürlich zurückgezogen.

HAAH ...
Dann lassen Sie uns ...
... nächstes Mal in ein Wirts-haus gehen.

Ein Candlelight Dinner ...
... in der Wohnung eines Mörders?
Nur über meine Leiche.

Wer garantiert mir, dass ich nicht zu einer ...
... seiner makabren Trophäen werde?
Ich hoffe nur, ein Wirtshaus ist ihm nicht zu teuer ...
Keine Sorge, ich lade Sie ein.
Sie? Mich?
Ja.

Ich habe genug, um uns beiden Essen kaufen zu können.

Eigentlich habe ich nicht mal genug, um mir selbst Essen kaufen zu können.

GOLLY
GOLLY
Als Vorspeise nehmen wir die in Knoblauch und Olivenöl gedünste- ten Garnelen ...
Und Zwiebeln, bitte.
... als Haupt- gericht den Pfirsich- Melba-Toast mit Käse und Rote-Beete- Salat ...
Und Zwiebeln.
... und zum Nachtisch gegrillte Bananen.
Wenn möglich ohne oder mit wenig Zimt.
Dafür mit ein paar Zwiebeln.

...
Dieser verdammte ...
WUPP
Jetzt reicht's mir aber mit Ihren Zwiebeln! Der Geruch bringt mich noch ins Grab!
Glauben Sie mir ...
Dazu gehört deutlich mehr.
?
Hier ist es ...
PLAUDER
PLAPPER
... eng, schäbig und laut.

Der Besitzer des Lebensmittel-ladens hatte recht.
Führst deine Bett-genossin aus, eh?
FOOD
Für drei Rona pro Person kriegste im „Golly" was Brauchbares.
Obwohl die seit zwölf Jahren nur ...
... abgelaufene Zutaten verwenden, hatten erst zwei oder drei Gäste 'ne Magen-verstimmung.

Schon wieder 'n Mord!
ZUCK
ÖCHÖ
Könnte aber auch 'n Bettler sein, der erfroren is'. Oder 'n ausgehungerter Land-streicher.
Man kann nich' mal sagen, ob das Opfer 'n Mann oder 'n Weib is'!
Hättest du die verweste Leiche mit eigenen Augen gese-hen, würdest du dein Maul nich' so weit aufreißen!

...
SCHIEL
FWIP
Ent-schuldigen Sie!
Sie wünschen, Sir?
Die Zwiebeln können Sie leider nicht mehr abbestellen, die sind schon im Kochtopf.
Darum geht's mir nicht ...
Könnten Sie die anderen Gäste bitten, etwas leiser zu sein?
Aber Sir, diese Ausgelassenheit ist doch Gollys Charme!
TAXIER
Schon gut, schon gut.

TAPP
TAPP
Verzeihen Sie, die Herrschaften, aber würden Sie sich bitte etwas mäßigen?
Die Gäste dort drüben haben sich beschwert ...
HAAH
Wurde auch Zeit.
Vorm Haus lag 'ne Leiche! 'ne Leiche, sag ich!
KRA
KEEEEL
Und wer, glaubst du, befindet sich wohl gerade hier IM Haus?! Herrgott!
Geht's noch lauter?!
Wie kann ich da ruhig bleiben, hä?!
SLRP
Die Bullen sagen, die Leiche hat 'ne Glatze und so 'ne viereckige Stelle im Nacken!

SCHIEL
KLATTER
Verzeihung ...
Seien Sie doch bitte etwas leiser. Ihre Klatschgeschichten verderben mir ja völlig den Appetit.

Wenn wir dir zu laut sind, dann verpiss dich halt.
Das hier ist aber nicht Ihr Zuhause.
Sagt wer?
FWUPP
FWUPP
Das is' unser Wohnzimmer ...
... unsere Küche ...
Und da is' 'n ungebetener Gast.
FWUPP
BWAHA
HAHAHA

GNNN
Wann werden denn unsere Zwiebeln serviert?
Die Vorspeisen sind auch noch nicht da.
...
HAHA
Ihr gehört zusammen? Da ham sich zwei gefunden.
Habt ihr Spinner 'n Stelldichein oder was?
UGH
ZACK
Haben wir. Würden Sie also bitte aufhören, es zu ruinieren?
SCHRECK

Sie täten gut daran, meine Geduld nicht auf die Probe zu stellen.
PFFFT
Jetzt hab ich aber Angst.
Uuuuuh, vielleicht passiert hier gleich der nächste Mord?!
HAHAHA
Nun hör schon auf!
Hey, auf ein Wort.
PACK

WUSCH
ARGH!
Was soll die Scheiße?! Ich leg dich um!
Lass ... mich los ...
GNNN
Du hättest mir nicht auf die Pelle rücken sollen ... Aber so hab ich keine Wahl ...

Nimm das!
AH!
KRACH
BLINZEL
?

Uuh ...
!
HA!

RASCHEL
Ich habe Sie gewarnt.
Ich mag es nicht, wenn man mich provoziert.
FWUUH
FWUUH
Sie werden mir kein zweites Mal in die Quere kommen.
DREH
Ach ja ...
Was gibt's zum Nachtisch, Shavonne?
FWIPP

HICK
HICK
303

Murderous Lewellyn's Candlelit Dinner

Vorfall 4

Hat das Türschild seine besten Tage etwa hinter sich?
PFRIEMEL
Es hing schon schief, als wir ins Wirts-haus gingen.
Nanu?
Ins Wirtshaus ...
DREH

Er mag nicht sonderlich umgänglich ...
... und vielleicht auch kein guter Mensch sein.
Durch und durch schlecht ist er aber auch nicht.
Nein ... Er ist ein Buch mit sieben Siegeln.

303
...
Puh ...
KLICK
Ob er nun höflich, zynisch, freundlich oder grob ist ...
KNARZ
... spielt keine Rolle. Ich sollte mich wirklich nicht länger mit ihm abgeben.
KATSCHACK
303
Ich muss meine Wohnung in der Ira Street so schnell wie möglich verlassen.

Dear editor,
„Verehrter Herausgeber …“
„… wir leben im chaotischsten und gefährlichsten Zeitalter seit Angedenken der Menschheit.“
Wir haben keine Arbeit für Sie.
„Noch mögen unsere Qualen endlos erscheinen …“
„… aber jeder Sturm wird irgendwann einem blauen Himmel weichen.“
Leider verlegen wir keine Romane …
„Und die darauffolgenden Errungenschaften der Menschheit sollen zukünftigen Generationen als Symbol der Hoffnung dienen.“
Wir werden uns besprechen und Ihnen postalisch Bescheid geben.

„Es wäre mir eine Ehre, gemeinsam mit Ihrem renommierten Verlag einen neuen Meilenstein zu setzen.“
KA
KLACK
PUUUH
Ich will doch nur arbeiten ...
Hm?
Ich hab Post!

RASCHEL
„Sollten Sie uns noch einmal ein derart unverfrorenes Schreiben zukommen lassen, werden wir rechtliche Schritte einleiten."
ENT
TÄUSCHT
Erst Brown Publishing, jetzt Peer ... Es hagelt Absagen. Selbst im Auktionshaus wurde ich abgewiesen ...
... und als Handwerker oder Totengräber wollte man mich auch nicht haben ...
Mist ... So komme ich nicht weiter.
TIPP
TIPP
?

Sie scheinen kaum noch eine freie Minute zu haben.
Ich wünschte, ich könnte ihn ignorieren!
Haah ...
Aber wenn ich zu sehr auf Distanz gehe ...
... wird er mir das vielleicht übelnehmen ...
Ach, es ist nichts.
Ihr Gesichtsaus-druck lässt aber das Gegenteil vermuten.
Jaja ...

STAPF
Ich suche eine Anstellung, aber bei Verlagen habe ich kein Glück.
STAPF
Als Handwerker, Totengräber oder ...
... Auktionshausmitarbeiter wurde ich ebenfalls abgelehnt.
STAPF
Tja, so sieht's aus.
Ich war schon immer ein Pechvogel.
STAPF
Nein. Ich glaube, mit mangelndem Glück hat das nichts zu tun, Shavonne.
TACK
Ach nein?

Sondern?
Mit Intelligenz, Witz und Raf-finesse.
...
Die Arbeit im Auktionshaus erfordert schau-spielerisches Talent.
Um ein Grab auszu-heben, braucht es Mut.

Und ...
GRAPP
... Schwielen haben Sie nur am Daumenballen und am Mittelfinger.

DRÜCK
Was soll das werden?
Sie haben bisher kaum schwere körperliche Arbeit verrichtet.
Andernfalls hätten Sie mehr Schwielen.
Hier ...
AU!
... und hier.
GNNN
... hier ...
SST

ZACK
Was machen Sie da?!
Wie?
Ich stärke Ihnen den Rücken.
Mein Drang, die Ira Street hinter mir zu lassen, wuchs ins Unermessliche.

Einige Tage später
Jetzt ist nur noch Deck Publishing übrig ...
Ob ich heute Post bekommen hab?
TAPP
TAPP
Wir werden uns besprechen und Ihnen pos-talisch Bescheid geben.
HAAAAH

Was, wenn die sich auch nicht melden?
KLACK
HM?
Ist das ... Zitronensaft?
Drink Me! ;D
Diese Notiz ...
Das war ER.
Freundliche Gesten ignoriert man nicht :(
jahrsfeiern sollen lustig sein. Lassen Sie uns auch Spaß haben 0:)
se nicht
swärts
Happy new yeer!
In diese
Klamotte
Sie erf

Den Bastard hatte ich völlig verdrängt.
Belauert er mich etwa noch immer?!
KRAM
KRAM
Und wer weiß, was er da reingeschüttet hat ...
HMPF
KLACK
Drink Me!
;D
Trink das Zeug doch selbst.

Am nächsten Tag
BA
Da ist weder Zyanid noch Strychnin drin.
Und Zwiebeln hab ich auch nicht rein >:(
TAMM
Immer noch keine Antwort vom Verlag ...
FRUS
TRIERT
Dafür schon wieder Zitronen-saft ...
Hm?

Was ist denn nun wieder?
Da ist weder Zyanid noch Strychnin drin.
Und Zwiebeln hab ich auch nicht rein >:(
Zwiebeln ...
Lewellyn?

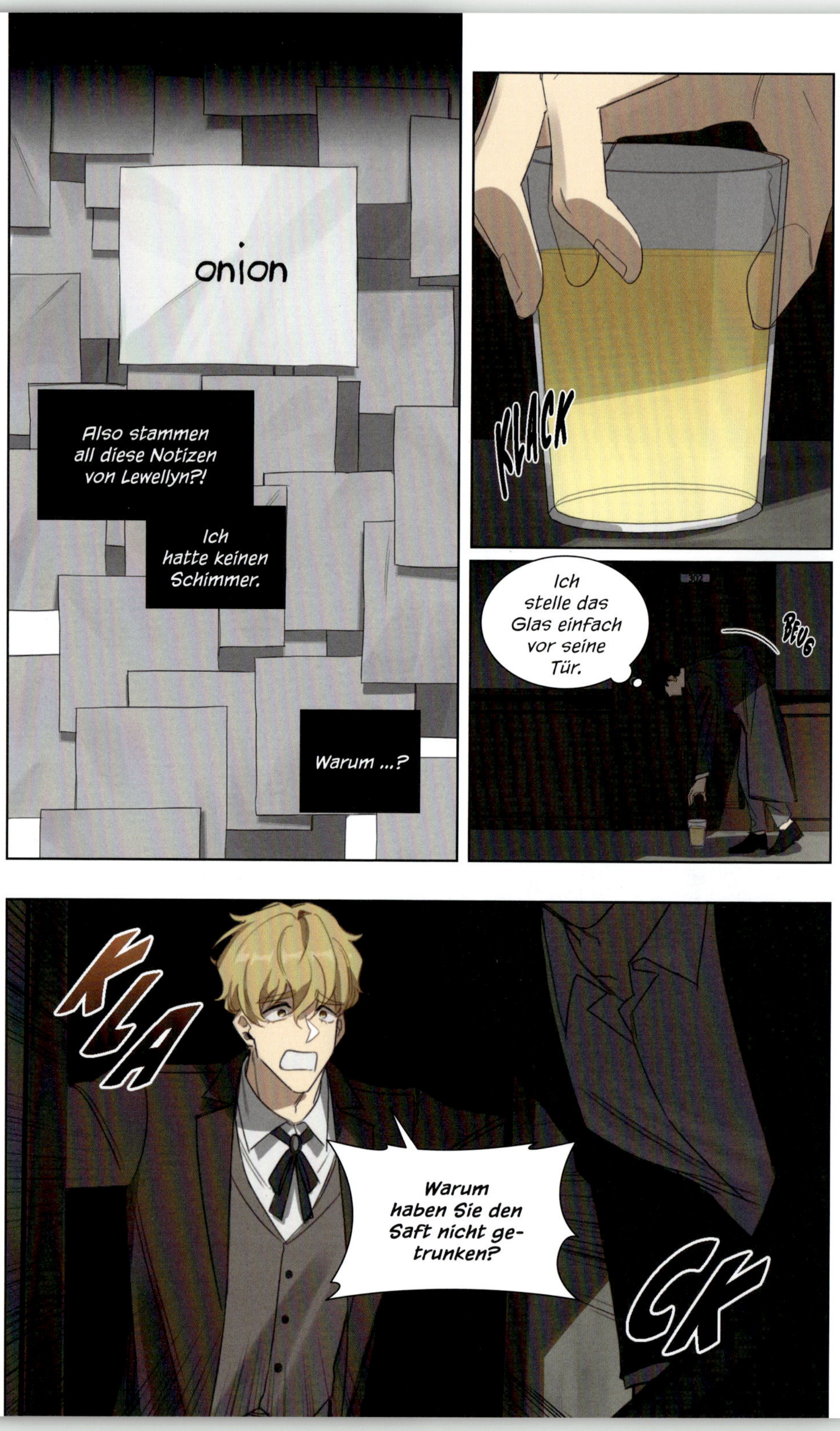
onion
Also stammen all diese Notizen von Lewellyn?!
Ich hatte keinen Schimmer.
Warum ...?
KLACK
302
Ich stelle das Glas einfach vor seine Tür.
BEUG
KLA
Warum haben Sie den Saft nicht getrunken?
CK

Was, wenn Sie bald an Scharbock* leiden?!
* alte Bezeichnung für eine schwere Vitamin-C-Mangelerkrankung
Warum sollte ich?!
Ich will in Zukunft nichts mehr an meiner Tür oder im Briefkasten vorfinden!
Keine Notizen und keinen Saft!
HMPF

STAPF
STAPF
303
Wa...?!
Das Schild ...

Warum hängt es ständig schief?
Was soll der Auf-stand?
Ist halt 'n Schisser.
Ich mache keinen Aufstand und ein Schisser bin ich auch nicht.

* die Residenz des Königs

** das beste Hotel in Bunch

...
Ist das Ihr Ernst?!
So wahr ich hier sitze.
Haah ...

Nicht schon wieder ...
Sie ist so ähnlich wie die dort.
FWIP
Wo ist das Türschild angebracht?
Ungefähr auf dieser Höhe ...
GST
Sind Sie sicher?
?
So weit oben?

SCHAU
DER
DREH
Da fällt mir ein ...
Türschild von Wohnung 302
302

Der Tischler hatte recht!
Das Schild ist weiter unten!
SCHIEB
303
KLACK
Was, wenn ...

Ein Loch.
Der Perverse.

BAMM
BAMM
BAMM
BAMM
BAMM
Die Notizen und der Saft ...
... sind von Lewellyn.
Und das Loch ...
Lewellyn ist wahrscheinlich ein Mörder.
KLACK
HUAAAH ...
Oh, was ist los? Ich wollte gerade schlafen gehen.
HEH
Mit einem Gute-Nacht-Kuss kann ich leider nicht dienen.

Aber ich weiß auch, dass er nicht so leichtsinnig ist ...
... hier im offenen Korridor einen Mord zu verüben.
Sie sind es, der mich ständig belauert, oder?
Belauern?
Ich? Sie?

NEIG
Das Loch unter dem Tür-schild ...
... geht auf Ihre Kappe, stimmt's?
PFFFT
Er lacht?

Finden Sie das witzig?
Ja. Nein. Doch, schon.
Bitte entschuldigen Sie. Ich bin einfach zu ehrlich.
Will er mich auf den Arm nehmen?
TAPP
Und was soll so witzig sein?
Jetzt hab ich aber die Schnauze voll!
PA
CK
Dass ein erwachsener Mann tagein, tagaus von einem ...
... Unbekannten belauert wird?!

UNGEHALTEN
Dass ich das Loch in der Tür erst jetzt bemerkt hab?!
Oder dass ...
NEIG
Nein. Mehrere Dinge.
...
Erstens kann ich Ihnen nicht beweisen, dass ich nicht besagter Täter bin.

Zweitens ist er, wie ich finde, ziemlich ...
... geschmacklos.
Was? Soll das heißen, Lewellyn ist unschuldig?!
Und drittens ...
DREH
FWUPP

... scheinen Sie ernsthaft zu glauben, dass ich ...
... ein Perverser bin.

Murderous Lewellyn's
Candlelit Dinner

Murderous Lewellyn's Candlelit Dinner

Vorfall 5

DODOMM
Und damit Sie's wissen ...
DODOMM
Ich würde niemals mit derart offenen Karten spielen.
Das ist irgendwie ...
DOMM
... einfallslos.
DOMM

TACK
TACK
TACK
Was ist da los?
Ist die Tür kaputt?
TACK
TACK
TACK
303
Was zur Hölle treiben Sie hier?!
Schluss mit dem Krach!

Oh nein!
Dieser Perverse hat mich so auf Trab gehalten, dass ich völlig verges-sen habe ...
... die Hausverwaltung zu informieren ...
Die Tür ist beschädigt, also lasse ich sie austauschen.
Die neue ist hoffentlich stabiler.
Einfach so? Gehört Ihnen das Gebäude?!
Antworten Sie mir!
Ich bitte um Verzeihung.

Ich wollte so schnell wie möglich eine neue Tür ...
... und habe darüber vergessen, die Genehmigung einzuholen.
Ich übernehme natürlich die Verant...
Raus hier.
Bitte?
Packen Sie Ihre Sachen. Bis Mitternacht sind Sie verschwunden.

Was für ein furchtbarer Tag.
Bevor ich die Wohnung räumte, begab ich mich auf die Suche nach einem Schlafplatz.
Doch Fawkes war geschäftlich unterwegs und die Armenhäuser ...
... platzten aus allen Nähten.

Ich konnte nirgendwohin.
GLUG GLUG
TROPF
Schreckliches Wetter. Wenn das so weitergeht, erfrieren wir auch bald.
Ich muss schnell zurück und meine Koffer packen ...
Im Februar rechnen sie wieder mit vielen Toten ...
TOCK
TAPP
Die Welt ist riesig ...
... und es gibt so viele Menschen ...
TAPP
TORKEL
Nur für mich ist nirgends Platz ...

TORKEL
303
Meine neue Tür ...
FWUPP
Ich hab so Hunger ... und Durst ...
KAUER
Aber ich bin pleite ...

Was gäbe ich für etwas Wasser ...
Drink Me! ;D
ZUCK
UFF
TAPP

Soll ich Lewellyn wirk-lich um ein Glas Zitronensaft bitten?
Obwohl er ein Mörder ist?
Andererseits brachte mir noch nie jemand so viel ...
... Freund-lichkeit ent-gegen ...
TOCK
TOCK
Sind Sie zu Hause?

Vermutlich haben Sie ihn schon weggeschüttet, aber falls nicht ... Dürfte ich Sie dann ...
... um ein Glas Zitronensaft bitten?
STIL
LE
~
...
BAMM
302
Er ist wohl nicht da ...
Warum? Leiden Sie an Scharbock?

STARR
Oh, Sie sind zu Hause.
Und nein, es ist schlimmer als Scharbock. Ich befinde mich in einer Krise.
FWU
SCH
Ach ja? Wo kriselt es denn?

?!
?
Woher ...?!
REIB
Das muss der Alkohol sein ...
Sie sehen ganz richtig.
W... Wann sind Sie raus-gekommen?
Ich war doch ... Ihre Tür ...

Ich stand die ganze Zeit hier.
Sie haben mich nur nicht bemerkt, Shavonne.

Meine Schreibmaschine, ein Wörterbuch, Romane, ein paar Kleidungsstücke ...
Das war's auch schon.
HFF
Lassen Sie sich hier nie wieder blicken!
Ich konnte mich nicht einmal richtig verabschieden.

KNIRSCH
Wer auch immer in Wohnung 303 einzieht, darf sich ...
... glücklich schätzen, neben einem Mörder zu wohnen.
TAPP
Ob er dem neuen Bewohner auch Notizen schreibt und Zwiebeln serviert?

Verzeihung, welche Stelle eignet sich gut zum Schlafen?
Hau ab, Mann. Lass mich in Ruhe.
PUUH ...
Na ja ... Obdachlose werden nirgends nett behandelt. Aber dass ich ...
TAPP
TAPP
... so plötzlich wieder auf der Straße leben würde ...

Die guten Plätze sind schon weg.
Also weiter ...
Sieht nicht so aus, als würde es bald aufhören zu schneien ...
Hier bin ich zwar nicht ausreichend geschützt, aber ...
... ich dürfte mir zumindest keine Frostbeulen holen.

PLOPP
Nicht mal Zeitungspapier konnte ich ergattern. Gott sei Dank habe ich etwas Kleidung mit.
Ich muss durchhalten. Sobald im Armenhaus ein Platz frei wird, gehe ich dorthin.
Oder ich bitte Fawkes um ein Dach über dem Kopf, sobald er von seiner Reise zurück ist ...
PACK
Ich werde hier draußen schon nicht gleich erfrieren ...
... und dank dem Saft hält sich auch mein Hunger in Grenzen.

Schon von Geburt an war ich zur Armut verdammt.
Auch der Umgang mit Menschen war mir immer schwergefallen. Deshalb konnte ich mit 29 Jahren nur Mr Fawkes als Freund bezeichnen.
Doch ich hatte nicht vor, jemals über ...
... meine Dilemmas zu sprechen.
Wollen Sie nicht reden?

SLRP
STARR
Kein Zyanid und auch kein Strychnin.
Und keine Zwiebeln!

FWUPP
STREICH
Seine Hand ist ganz kalt ...
STREICH

Ich glaube nicht, dass ich jemals so sanft berührt worden war ...
Von keinem meiner Liebhaber der letzten acht Jahre ...
... erfuhr ich sonderlich große Wertschätzung.
Nein ... Genau genommen von niemandem.
LÄCHEL
Er schien wirklich der Erste zu sein.
TIPP
Zumindest gaben meine Erinnerungen nichts dergleichen preis.
Sprechen Sie sich gerne aus.

Ich werde hier auf Sie warten.
Shavonne?
KLAMMER
Ich habe es irgendwie geschafft, all die Dinge ...
... die ich sagen wollte, wieder in meinem Inneren zu vergraben.
Hätten wir Freunde werden können, wenn er kein Serienmörder wäre?

Danke.
LÄCHEL
Ich bin froh, dass ich nur Saft getrunken habe ...
BLINZEL
RASCHEL

Oh, Glück gehabt.
Da Sie sich nicht aufwecken ließen, wollte ich Sie schon in den Leichenkeller des Bunch-Hospitals tragen.
Sie ...
Was ...

... machen Sie hier? Und wie lange ...?
HMM
Wie antworte ich da am besten?
Was würde Ihnen ein schlechtes Gewissen bereiten?
Eine Stunde? Zwei Stunden? Eher drei?
Vergessen Sie's.
Hm?
FWUPP
Der Mantel gehört mir nicht ...
Wurde meine Kleidung etwa gestohlen?
Natürlich nicht. Ihr Sinn für Mode hätte vielleicht im letzten Jahrhundert Anklang gefunden.
So etwas Exquisites werden Sie kaum besitzen.
Also ist es Ihrer?

Nun, warum schlafen Sie hier?
Wollten Sie Erfahrung als Bettler sammeln? Oder ist das Ihr Nebenerwerb?
TSS
Er ist der Letzte, von dem ich erwischt werden wollte ...
Ich wurde gestern rausgeworfen und lebe daher ...
DREH
... nicht mehr in Wohnung 303.
Du liebe Zeit ...

Wir sind also wieder Fremde und gehen ab sofort getrennte Wege.
Lassen Sie ...
Das stimmt nicht.
FWUPP

Wir sind einander nicht fremd.
Schlafen Sie heute Nacht hier.
Ein echter Geheimtipp unter Obdach-losen!
An dieser Stelle ist es das ganze Jahr über warm. Sie werden weder erfrieren noch mit abgestorbenen Zehen aufwa-chen.

KLACK
KLACK
Von wegen Geheimtipp. Wer soll bei all dem Lärm schlafen können?
KLACK
Warten Sie hier auf mich.
?
Moment!
Ich weiß nicht, was Sie in der Zwischenzeit vorhaben ...
... aber ich will hier nicht warten. Ich ...

Ich gebe Ihnen Geld. Drei Rona für jetzt, zehn für später.
UNTERWÜRFIG
Ich werde mich nicht vom Fleck rühren, Sir.
Nun denn, bis nachher. Lassen Sie den Kopf nicht hängen!
WINK
PACK
Ich wollte es mir nicht eingestehen, aber dieser Ort war ein Geschenk des Himmels.
Ich fror nicht und holte mir auch keine Frostbeulen.

Am nächsten Morgen ...
TSCHIEP
TSCHIEP
... kehrte er wie versprochen zurück.
TSCHIEP
Hier. Für Sie, Shavonne.
Allerdings ...
... hatte er den Schlüssel zu Wohnung 303 in der Ira Street bei sich.

Murderous Lewellyn's
Candlelit Dinner

Murderous Lewellyn's
Candlelit Dinner

Vorfall 6

Heißt das, ich kann zurück in meine Wohnung? Weiß der ...
... Hausverwalter Bescheid?
NICK
FWUPP
Aber der hat mich doch zum Teufel gejagt ...
Ähm ... Wirklich? Was haben Sie gemacht?
Ich war nett zu ihm.

Außerdem sehe ich gut aus und habe Geld.
LÄCHEL
...
Ah, klar ...
NICK
Ich lasse mich erst mal darauf ein.
Schließlich hab ich dank ihm meine Wohnung zurück.
FWUPP

PACK
WUSCH
Dann bleiben wir also ...
... vorerst Nachbarn.
TIPP
Sie müssen sich nicht bei mir bedanken. Dazu werden Sie noch oft genug Gelegenheit haben.

Sie können sich später erkenntlich zeigen.
Mörder.
Wäre ich doch nur nicht in dieses Zimmer gegan-gen ...
Sie haben ...
... schlimme Dinge getan, nicht wahr?
Hätten wir Freunde werden können, wenn er kein Serienmörder wäre?

Er ist vermutlich der Einzige, auf den ich zählen kann.
Ist er wirklich ein ruchloser Killer?
Ist er wirklich so skrupellos?
SCHLUCK
Hab ich recht?
Ich denke schon.

Es sieht alles aus ...
... wie immer, aber ...
Na, was sagen Sie?
Wozu?
TAPP
Zu Ihrer Wohnung!
TAPP
Ich habe acht Jahre hier gelebt. Während meiner kurzen Abwesenheit wird sich wohl kaum etwas verändert haben.

Nur ...
STAAAARR
Ich werde das Gefühl nicht los, dass etwas nicht stimmt ...
SCHNIPP
„Nur“?
Ich fühle mich halt irgendwie fremd.

Das liegt daran ...
GRINS
... dass jetzt alles anders ist.
Diese Wohnung gehört uns beiden. Wir mieten Sie gemeinsam.
Davon höre ich zum ersten Mal!
Nun, ich zahle Ihnen doch ...
... keine dreißig Monatsmieten ohne Gegenleistung.

Die Miete ...
Und ... was stellen Sie sich unter einer „Gegenleistung“ vor?
Ich werde jedenfalls nicht Ihren Haushälter spielen. Und ich will erst recht nicht mit Ihnen unter einem Dach wohnen, klar?
GERADE HERAUS
NICK
NICK
STIMMT!
Ja, das würde nicht gutgehen.
HAAH ...
Was will er denn dann?
Ein wenig Distanz schadet nicht.
KRAM
KRAM

So ist es
spannender.
PATT

Hier. Ein Geschenk.
Die Schleife macht es gleich viel ansprechender, finden Sie nicht?
Der Zweitschlüssel?
Und was soll ich damit?
Sie können mir den Schlüssel jederzeit zurückgeben.
Solange er in Ihrem Besitz ist, werde ich die Wohnung nicht ohne Einladung betreten.
Habe ich ihn wieder, werde ich kommen und gehen, wie es mir gefällt.
Fantastisch.

Keine Ahnung, was er vorhat, aber ich kann sowieso nirgends hin. Einladen werde ich ihn ...
... trotzdem nicht. Und den Schlüssel sieht er auch nie wieder.
OKAY!
Gute Arbeit heute.
KNARZ
Äh ... Danke.
Das ...
... war an mich selbst gerichtet.
AHA ...

KLA
TSCH
KLATTER
Wenn ich ihm den Schlüssel wiederbringe, wird es nicht damit enden, dass wir uns eine Wohnung teilen und Tee trinken.
RASCHEL
PLOPP
Will er etwa mit mir schlafen?

Vielleicht gebe ich ihm zu verstehen, dass ich Sex mit ihm haben will, wenn ich den Schlüssel zurück-gebe ...
DREH
Ich bin ein Mann.
Lewellyn ebenfalls.
War dieser Mann Ihr Ge-liebter?
Lewellyn weiß, dass ich Männer bevorzuge.
Aber ...
RESIGNIERT
... ich will mich nicht mit einem Mörder einlassen.

KAKLACK
...
Was zum Teufel machen Sie hier?
Nun ...
Wie Sie sehen, schäle ich Zwiebeln.

Ich will wissen, warum Sie vor meiner Tür und nicht auf der Treppe sitzen!
ZUCK
Mist, ich hab die Beherrschung verloren ...
Er ist doch mein Mitmieter ...
Weil ich Ihnen hier näher bin.

Ihr Wutausbruch muss Ihnen übrigens nicht leidtun.
Ihre Schuldgefühle sind wie mein tägliches Brot.
Je mehr Sie reden, desto weniger will ich mich entschuldigen.
KRATZ
Warum ist er nur so verrückt nach Zwiebeln?
Sie scheinen Zwiebeln wirklich zu mögen.
PLOPP
Nun, auch schlechte Menschen mögen Zwiebeln.
...

Und was ist an denen so besonders?
Zwiebeln sind gut für die Gesundheit. Auch schlechte Menschen wissen das.
TAPP
Vermutlich ist das die Quittung dafür, dass ich ihm unterstellt habe, schlimme Dinge getan zu haben.
Wenn ich Ihnen helfe, sie zu schälen ...
... krieg ich dann auch ein paar?
Nun, die Entscheidung liegt bei Ihnen, aber warum wollen Sie das tun?
PFFT
Ist doch klar.
PLOPP
Auch schlechte Menschen verdienen ab und zu ein bisschen Hilfe.

Das sind echte Zwiebeln.
SCHNIEF
Andernfalls würden meine Augen nicht so brennen!
SCHNIEF
Wie elegant ...
TIPP

Gefällt es Ihnen?
Bitte?
Mein Gesicht.
...
TSS
Aber ich kann es nicht bestreiten.
Ich will nicht unhöflich sein, aber ...
Das sind Sie doch immer. Reden Sie ruhig weiter und lassen Sie alles raus, was keine Miete zahlt.

Verdienen Sie Ihren Lebensunterhalt mit Zwiebelnschälen?
STOPP
Würde Ihnen das gefallen?
Wie bitte?
Für Sie kann ich ein Aristokrat sein ...
... oder ein glücklicher Erbe ...
... der dank dem Vermögen eines entfernten Verwandten im Luxus schwelgt.

Das heißt dann wohl,
dass er mir nicht verraten will,
wer er wirklich ist.
Warum nicht ein Prinz?
Immerhin sind Sie nach dem echten benannt.
...
Tut mir leid.

Echte Zwiebeln,
falsche Zwiebeln,
normale Zwiebeln,
ungewöhnliche
Zwiebeln.
TAPP
TAPP
Echte Menschen,
falsche Menschen,
normale Menschen,
ungewöhnliche
Menschen.

Haben Sie in Zwiebeln gebadet?!
Sie stinken ja zum Himmel!
Wir haben all diese Zwiebeln geschält, aber ...
... hat Lewellyn denn nach ihnen gerochen?
An dem wird halt nix haften bleiben.
Und seine Augen? Manche haben vielleicht goldbraune, aber ...
... doch keine leuchtend gelben!
In Volksmärchen hat der Teufel gelbe Augen. Was, wenn ...
Wenn du ned so verbiestert wärst, dann wüsstest du, dass es sogar Leute mit violetten Augen gibt.

Und warum ist seine Haut so kalt?
Jeder menschliche Körper erzeugt Wärme, aber seiner könnte genauso gut aus Metall bestehen.
In Volksmärchen hat der Teufel auch eiskalte Haut ...
Vielleicht hat er 'ne schlechte Durchblutung.
War's das jetzt endlich mit deinen Teufels-geschichten?
Pass lieber auf, dass dich keiner für 'nen Teufelsanbeter hält!
HMPF

Manchmal wirkt er harmlos, manchmal kaltblütig.
Macht zehn Serona. Geld her.
Manchmal wie ein normaler Nachbar, manchmal wie ein Mörder.
Manchmal wie ein Armleuchter, manchmal wie ein Schwindler.
Wer ist dieser Mann?

BAMM
BAMM
Aufmachen, sofort!
BAMM
KNARZ
Es ist noch nicht mal 6 Uhr. Was soll der Lärm?

BAMM BAMM
HUAAH ...
Oh, wir kennen uns nicht. Sehr erfreut.
Nun denn, verraten Sie mir doch bitte eins: Ist es eine gute oder ...
Er steht vor der 302 ... Aber wer ...?
KLACK
... eine schlechte Idee, als Fremder um diese Uhrzeit an meine Tür zu hämmern?
Du kannst nach dem Sex weiterschlafen. In dreißig Minuten bin ich fertig.

Was?!
?
Sex?
Wir beide?
FWUPP
FWUPP
NICK
PFFFFT

Ganz sicher nicht.
Gut, dann ...
Halt, was?!
Noch mal zum Mitschreiben: Sie und ich werden nicht miteinander schlafen.
Ich befürchte vielmehr, er könnte bald ent...schlafen.
Du ...!
Jeder weiß, dass du ein Prostituierter bist! Willst du mich für dumm verkaufen?!

Ich? Ein Prostituier-ter?
Also ist er von Beruf Prostituierter, der nebenbei mordet?
BAHAHAHAHA
Nun, Sie werden mir ohnehin nicht glauben, egal wie sehr ich es bestreite.
Sagen wir einfach, ich bin einer.
Wie originell.
Mit Ihnen würde mich aber trotzdem nicht ein-lassen. Denn ...
... meine Dienste sind nur einem einzigen Kunden vorbe-halten.

Der da wäre?!
Ein Mann in Geldnöten.
Er kann sich nicht einmal seine Monatsmiete leisten, geschweige denn einen Prostituierten.

Murderous Lewellyn's Candlelit Dinner

Vorfall 7

Willst du mich verschei-ßern?!
Hat er mir gerade zu-gezwinkert?
Weiß er, dass ich die ganze Zeit hier stand?
Dann wäre das also geklärt. Links ist die Treppe.
Wir sind noch nicht fertig!
KWIIEH
Uff ... Gleich passiert hier wirklich ein Mord.

Gibt es
ein Problem?

TAPP
TAPP

DREH
TSS!
Soll ich die Polizei rufen?
Bitte.
Und fragen Sie direkt nach Hauptmeister Allium Cepa.
Er kann zwar ein Grobian sein, handelt aber sehr schnell und zuverlässig.

VERDAMMT!
Das wird ein Nachspiel haben!
STAPF
STAPF
STAPF
STAPF
„Allium Cepa"?
Der wissenschaftliche Name für „Zwiebel".

So was Nutzloses kann er sich also merken, aber für die richtige Schreibweise von „New Year" reicht's nicht.
TAPP
ÄHM...
Sie sind kein Prostituierter, richtig?
Natürlich nicht.
Aha. Na dann, tschüs.

STOPP
Auch nicht der heimliche Geliebte einer Adligen?
Oder ein Escort ...
REIB
FWUPP
Nichts von alledem, was Sie vielleicht denken.
Und warum haben Sie mir zugezwinkert?

Tja.
Was meinen Sie?
...
TROPF
Ich nehme an, es war nur ein Augen-zucken.
!

Es tauchten noch drei oder vier Kerle auf, die Lewellyns „Dienste" in Anspruch nehmen wollten.
Jemand hatte Lewellyn und mich beim Zwiebeln-schälen gesehen.
So kam dieses Gerücht in Umlauf.
Sein Aussehen spielte vermutlich auch eine Rolle.
TADAAA
302
5.000 Rona pro Nacht. Rabatte ausgeschlossen.
Mit diesem Preis vergraulen Sie potenzielle Kundschaft.
Ihnen gewähre ich einen Nachlass von 4.999 Rona. Haben Sie Interesse, Shavonne?
302
Mitnichten.

Ich biete auch Kostproben an.
HAAH ...
Nein?
Er will ...
... definitiv mit mir schla-fen.

Am nächsten Tag folgte eine unschöne Überraschung.
Ein übler Perverser hat mein Türschild zerbrochen.
Ein Perverser? Aber Sir, Sie sind doch gar keine Frau.
Klingt nach einem simplen Nachbarschaftsstreit. Was wollen Sie da von uns?
PIKIERT
Wir eröffnen kein Verfahren wegen derlei Schnurrpfeiferei.

Noch dazu scheinen Sie nicht mal zu wissen, wer dafür verantwortlich ist.
BITTE?!
Wollen Sie damit sagen, dass ich meinen verdammten Peiniger selbst finden soll?!
Außerdem wurde doch erst kürzlich Ihre Tür ausgetauscht, Sir.
Er hat doch nur Ihr Türschild zerbrochen und kein Gewaltverbrechen begangen.
Wir haben nicht genügend Leute, um uns um so was zu kümmern.
Eine gute ...
... Gelegenheit, um auch ein neues Schild zu kaufen.

BAMM
„Kein Gewaltverbrechen"? Aber klar, ein neues Türschild wird's richten!
STAPF
Ich wurde ausspioniert und habe jetzt auch noch finanzielle Einbußen.
Und trotzdem lässt man mich hängen!
303
KLAPPER

Was muss ich noch alles durchmachen, bis diese Kanaillen endlich ihre faulen Ärsche schwingen?!
HM?
Deck Publishing
Wir werden uns besprechen und Ihnen postalisch Bescheid geben.
Ist das der Brief, den Deck erwähnte?
RATSCH
Acht Jahre waren Sie als Ghostwriter tätig. Aber nun ist es an der Zeit, Ihr eigenes Werk zu schreiben, Mr Shavonne.

Mein ...
... eigenes Werk!

TAPP
TAPP
TAPP
Sie scheinen nicht viel über unsere Branche zu wissen.
Jeder in Ihrer Position würde diesen Vertrag mit Kusshand unterzeichnen.
PAFF
Oder sagen Ihnen unsere Konditionen etwa nicht zu?
Ich hätte mir keine Hoffnungen machen sollen ...

...
Das, was Deck mir vorlegte, war kaum mehr als ein Sklavenvertrag.
KLACK
Bedenken Sie Ihre Situation, Mr Shavonne.
Sind Sie sicher, dass Sie unser Angebot ausschlagen und etwas Besseres finden können? Wollen Sie sich die Chance ...
... ein echter Schriftsteller zu werden, wirklich entgehen lassen?
Ich war seit acht Jahren als Ghostwriter tätig ...
... aber als Schriftsteller hatte mich noch nie jemand bezeichnet.
In dieser Nacht lag ich lange wach. Meine Gedanken kreisten unentwegt um all die Werke, die ich unter meinem eigenen Namen veröffentlichen könnte.

Adam Ayle
Adam Ayle
John Gray
Jane Clover
Jane Clover
Jane Clover
Ich war nicht dumm und wusste, wie die Welt sich drehte. Auch die Spielregeln ...
... der Verlagsbranche waren mir wohlbekannt.
Aber ...
GNNN
Shavonne?
?
Ich habe gehofft, Sie bald zu treffen.

Was für
ein Zufall, nicht
wahr?

Ein nahezu perfekter, um genau zu sein ...

Lewellyn, Sind Sie mir etwa gefolgt?

Nun ... Wenn Sie damit andeuten wollen, dass ich Sie beschatte ...
... oder Ihnen hinterherspioniere, um Sie später erpressen zu können, dann liegen Sie falsch.

Hmpf. Bilden Sie sich mal nichts ein. Er lief Ihnen die ganze Zeit einfach nur ungeniert hinterher.
Ja, sag ich doch.
Wie?
VERWIRRT
Sei's drum! Viel wichtiger: Wollen wir zusammen essen gehen, Shavonne?
Nein.
Wie wär's dann mit ein paar Zwiebeln?
Nein!
Möchten Sie vielleicht Zitro...
Ich würde Ihnen auch absagen, wenn Sie mir Kaviar und Rotwein statt Zwiebeln und Zitronensaft anbieten würden.
Warum?

Weil ich schon mit diesem Herrn hier sitze, den Sie gekonnt ignorieren!
FWUPP
Ach, sieh an.
Wegen Ihrer mangelnden Ausstrahlung sind Sie mir gar nicht aufgefallen.

Frage: Wie lange braucht Lewellyn, um den Redakteur dazu zu bringen, vor Wut zu platzen und aus dem Café zu stürmen?
Antwort: fünf Minuten.
Frage: Welche Waffe nutzt Lewellyn, um den Redakteur dazu zu bringen, vor Wut zu platzen und aus dem Café zu stürmen?
Antwort: seine spitze Zunge.
Sie kranker Bastard!
Mit so einem Irren geben Sie sich also ab, Mr Shavonne? Sie scheinen selbst nicht bei klarem Verstand zu sein!

WA
MM
Tja, der Vertrag und Deck Publishing haben sich damit erledigt.
HAAH...
Da geht er hin.
War das Ihr neuer Liebhaber?

Liebhaber?
Er ist bestimmt untreu und hat eine Geschlechtskrankheit.
Lewellyn!
MIT
LEIDIG
Ich verstehe es nicht. Was finden Sie an so einem Schnösel?
Haben Sie keine Ansprüche? Oder sind Sie ein Wohltäter?

Das ist alles meine Schuld. Ich hätte Sie mein Gesicht öfter sehen lassen sollen ...
HMM
Lewellyn.
Dieser Mann war nicht mein Liebhaber, sondern ein Verlagsredakteur.
Es ist nicht so, wie Sie denken.
PUH ...
Mischen Sie sich meinetwegen in mein Liebesleben ein, aber meine Arbeit ist tabu. Ich warne Sie.
Aber mir wäre es lieber, Sie hätten kein Geld, Shavonne.
Ach ja?

Warum? Haben Sie Angst, ich verlasse die Ira Street?
...
GNNN
Weiß er es?

Hätte ich Geld ...
... dann müsste ich weder neben einem Mörder wohnen ...
... noch hitzige Diskussionen mit der Hausverwaltung führen ...
... oder mein Leben in völliger Einsamkeit verbringen.
Sie sind ...

... wirklich egoistisch.
Wenn ich doch nur Geld hätte ...
Ja.
Das war ich schon immer.

Das war's.
303
Jetzt hab ich wirklich alles verloren ...

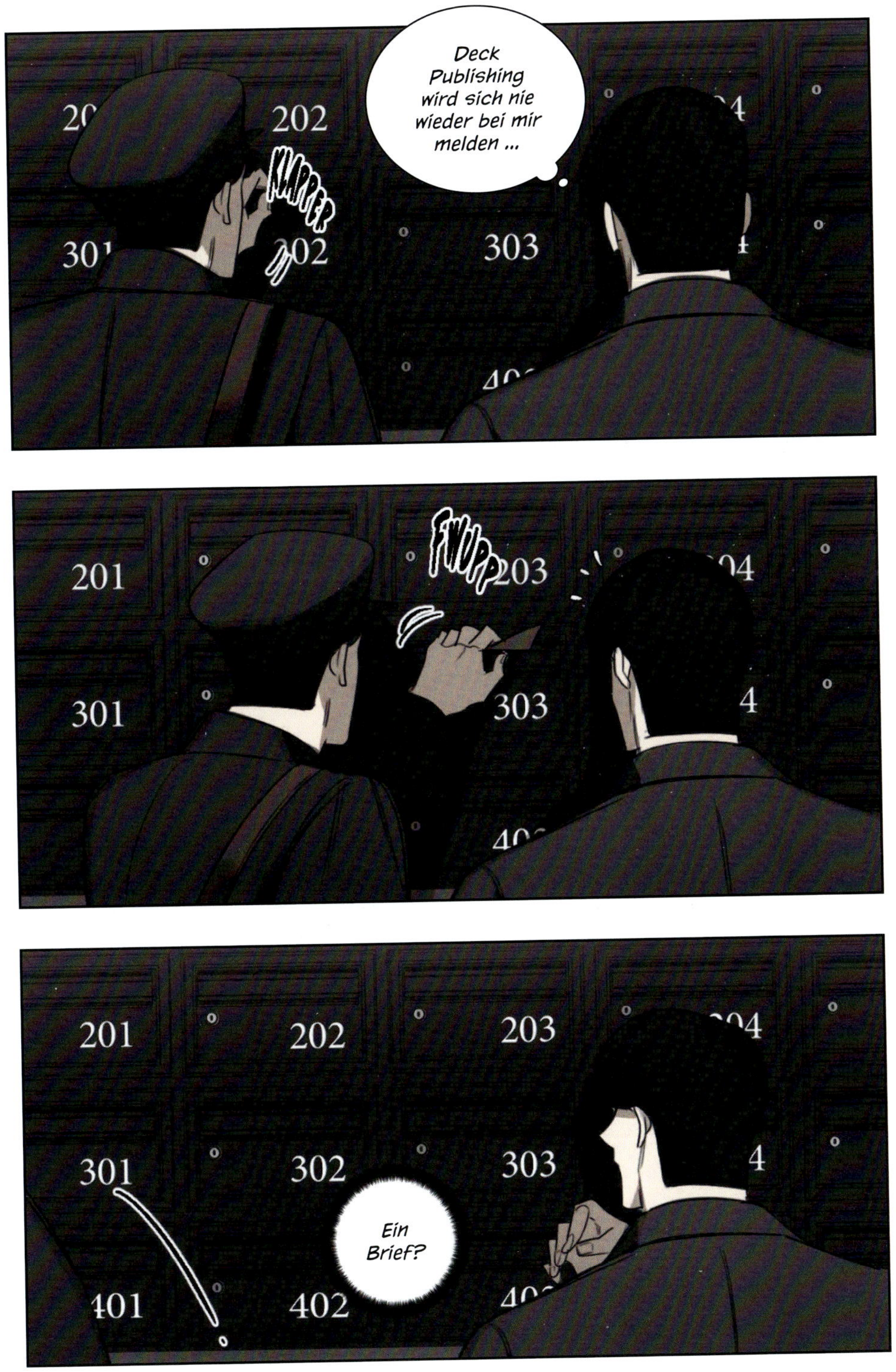
Deck Publishing wird sich nie wieder bei mir melden ...
KLAPPER
FWUPP
Ein Brief?

KRIIEH
Wer in aller Welt würde ...?
Ich hoffe, es ist kein Scherzbrief ...
Newell y. l. l.
„Newell y. l. l.“?
ZACK
Das ist sicher eine Lektoratsanfrage.
SCHRECK

Eine Lektorats-anfrage?
Nun, ich habe in Ihrem Namen eine Anzeige aufgegeben.
Ohne meine Erlaubnis?!
Shavonne.
Wollen Sie nicht auch privaten Schriftverkehr gegenlesen?

TROTT
TROTT
Davon bin ich eigentlich nicht gerade angetan ...
TROTT
RATSCH
Am Ende laufe ich Gefahr, den Briefen ihre persönliche Note zu nehmen.
Bitte helfen Sie mir dabei, in diesem Brief meine Liebe für S. auszudrücken.
Ich lehne besser ab.

Was schreibe ich da ...?
„Es tut mir sehr leid, aber die Anzeige war nur der Streich eines Kindes“ oder so.
Hm?
Ich biete Ihnen für jeden Brief dreißig Rona.
STOPP

Dreißig Rona pro Brief?!
Ich mach's! Ich nehme die Anfrage auf jeden Fall an!!
TAPP
TAPP
Am nächsten Tag traf eine Antwort von Mr Newell ein.
Doch der Brief schien bereits geöffnet worden zu sein.
RASCHEL
Ein Versehen? Vielleicht hat jemand nicht richtig gelesen.

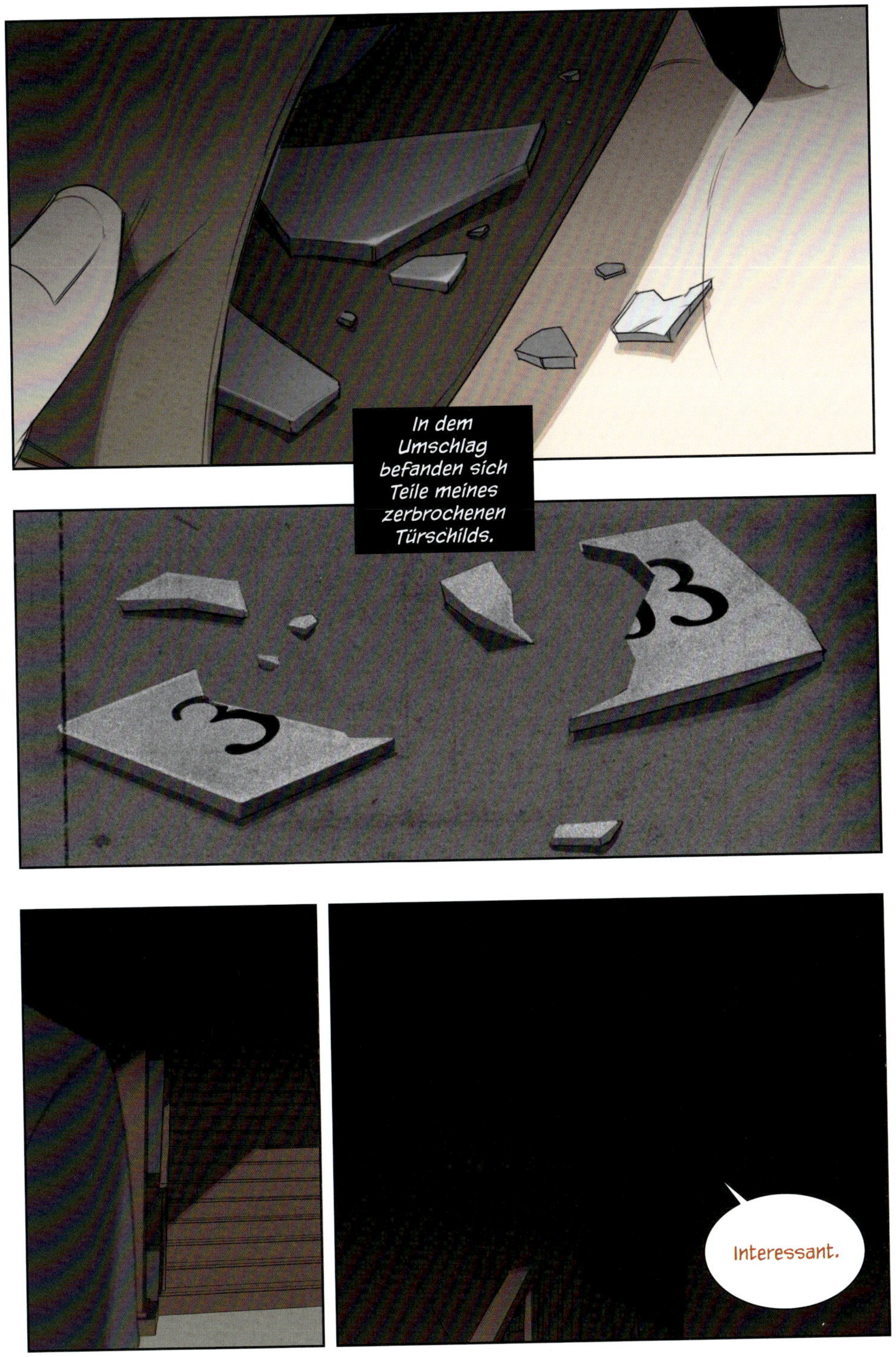
In dem Umschlag befanden sich Teile meines zerbrochenen Türschilds.
3
3
Interessant.

Murderous Lewellyn's
Candlelit Dinner

Vorfall 8

„Liebster S. …“
„Es ist Geisterstunde. Die Welt ist umhüllt von der …“
„… erdrückenden Atmosphäre der undurchdringlichen, kohlrabenschwarzen Nacht.“
„Der Einzige, der es vermag, jene Finsternis zu erhellen …“

„... bist du ...“
„... mein geliebter S.“
„Denn nicht du erleuchtest die Dunkelheit, sondern eine Glühbirne.“
„Das enttäuscht dich vielleicht, aber ...“
„... du hast nun mal weder einen Glühdraht ...“
„... noch eine Spule ...“
„... und bist auch nicht mit Stickgas gefüllt. “
„(Das ist natürlich nur eine Metapher.)“

...
Mr Newell, Sie sollten schleunigst vergessen, dass dieser Abschnitt nach der „Metapher" ...
... jemals existiert hat.
KRZ
KRZ
KRZ
KRZ
Ich wünschte, die Flut von Briefen würde nachlassen.
Doch das Unglück gehörte zu meinem Leben wie das Amen im Gebet. Und so hoffte ich vergebens.

GooD night? ARE(n't) YOU LoneLY?
„Gute Nacht?
Bist du nicht
einsam?“
201 202 203
301 302 303 304
401
Der
Kerl ist echt
hartnäckig ...

Es trafen auch weiterhin Briefe von Mr Newell und dem Perversen ein.
POS
Der Poststempel ...
... war auf den ersten Blick als Fälschung erkennbar.
Ich begab mich zu der Adresse des Absenders, der sich als „ein Freund“ ausgab.
Doch ich fand nur ein unbebautes Grundstück vor.

„Mein geliebter S. …“
„Hinter dem Fenster zeichnet sich bereits die Morgen-dämmerung ab.“
„Geliebter S., verrate mir bitte eins …“
„Hinter-lassen meine Briefe Spuren?“
„Wenn ich jemandem, der kein Interesse an einer Liebschaft zeigt, weiterhin schreibe, wird er sich dann …“
SST
„… vielleicht doch verlieben?“

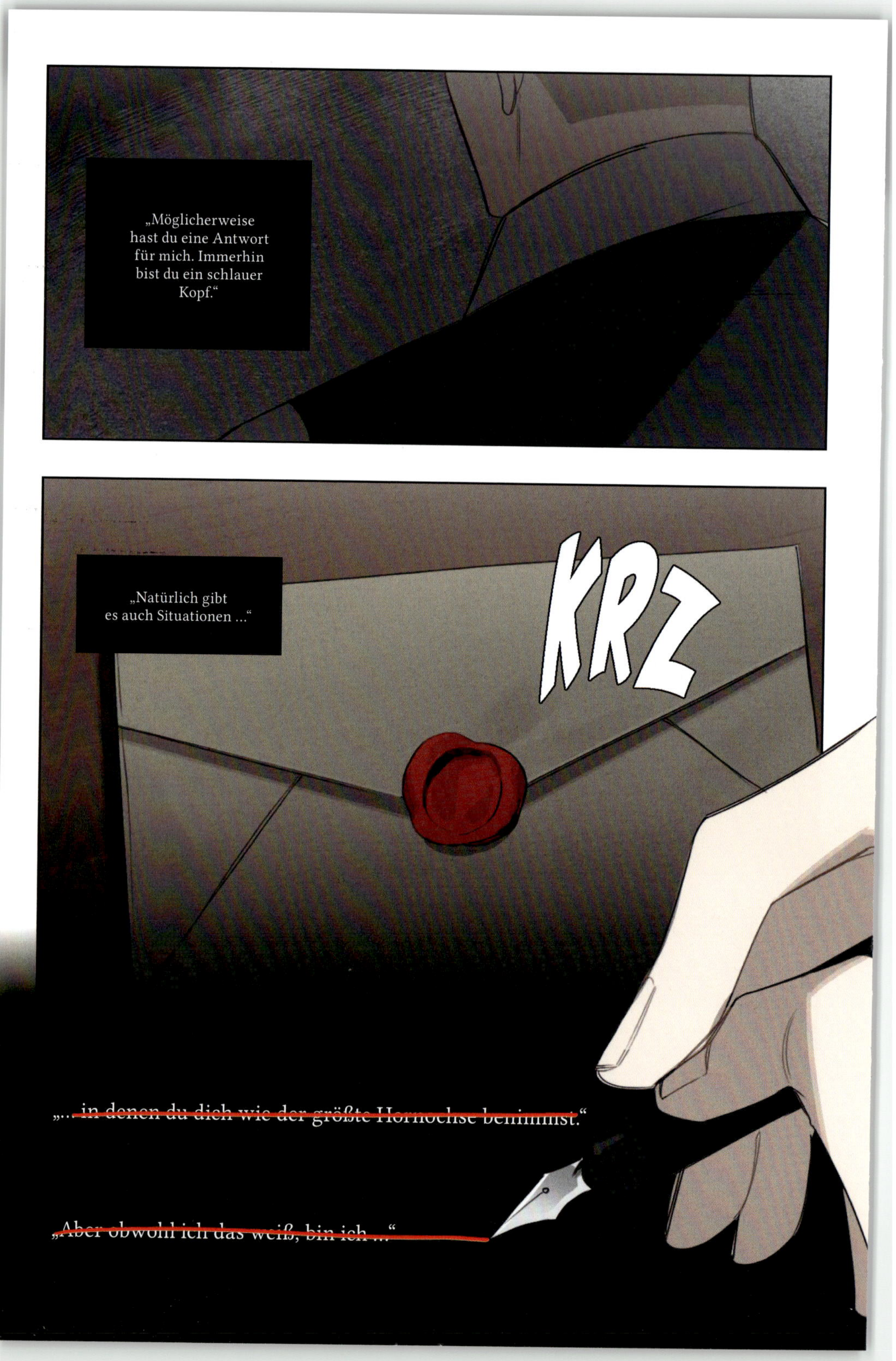
„Möglicherweise hast du eine Antwort für mich. Immerhin bist du ein schlauer Kopf.“
„Natürlich gibt es auch Situationen …“
KRZ
„… ~~in denen du dich wie der größte Hornochse benimmst.~~“
„~~Aber obwohl ich das weiß, bin ich …~~“

Es geht mich zwar nichts an, aber ...
... steht Ihre große Liebe darauf, beleidigt zu werden?
Oder machen Sie andere einfach gern nieder, Mr Newell?
PUH ...
Das behalte ich besser für mich.
SCHIEB
Woher weiß er ...
„Brauchst du frische Lebensmittel?“
... dass ich meine Wohnung seit Tagen nicht verlassen habe?
Beobachtet er mich rund um die Uhr?

Meine Geduld ist am Ende.
Da der Poststempel nicht echt ist …
… muss die Briefe jemand anderes als der Briefträger einwerfen.
POST
Vermutlich der Perverse selbst oder sein Laufbursche.
Ich werd's herausfinden.
KNÜ
Also los.

Warum taucht er nicht auf?
HAAH ...
Es sind schon fünf Tage vergangen ...
PLOPP
So komme ich nicht weiter ...
Ich verschwende nur meine Zeit.
Mir reicht's. Ich gehe zurück.

KLATTER
Wer ist das?
Lewellyn?
302
DING

Das war die Glocke, die ich angebracht habe ...
TAPP
Ist Lewellyn etwa ...?
GÄHNENDE LEERE

Wie kann das sein?
KLACK
Vielleicht ...

201
Er hat sich schließlich ...
302
... auch an meinem Briefkasten zu schaffen gemacht.
Ich muss nur was prüfen.
TAPP
302
Das ist mein Briefkasten, nicht Ihrer, Shavonne.

!!!
ZACK
Ach ... Ich war in Gedanken.
Hmm.
Wirklich? Eine lahmere Ausrede hätte ich nicht finden können?!
Und außerdem ... Warum ist er zurückgekommen?
Hat er was vergessen?
SCHIEL
STARR
?

Weiß er etwa ...
NERVÖS
... dass ich mich hier unten versteckt hielt?
TAPP
Ich verlange eine Entschädi-gung.

Bitte?
Wussten Sie, dass Sie nun 23-mal unhöflich zu mir waren?
Bisher war ich geduldig, weil ich Sie süß finde, aber allmählich ...
... fühle ich mich unfair behandelt.
Wenn Sie mich künftig erneut beleidigen, dann sollten Sie das auch wiedergut-machen, nicht?
Was ...

Überlegen Sie sich in Ruhe eine Entschädigung.
Ich werde mir ebenfalls Gedanken machen.

1. Auflage, 2024
Deutsche Ausgabe/German Edition

Verlagsleitung: Andreas Mergenthaler & Luciana Bawidamann

Aus dem Koreanischen von Denise Hedrich

Murderous Lewellyn's Candlelit Dinner Vol. 1

Redaktion: Denise Hedrich
Lektorat: Christina Gohl
Korrektorat: Jasmin Ehmann
Grafik/Produktionsleitung: Elke Epple
Layout und Lettering: Manhwa Cult, Datagrafix GSP GmbH, Berlin
Druck: Silber Druck GmbH & Co. KG, Lohfelden
Printed in Germany

Print-ISBN: 978-3-98949-035-2

www.manhwa-cult.de